कर लो चिंता मुट्ठी में

चिंताओं को चिंतन में बदलते लेख

राकेश सोहम्

Made with ♥ on the Notion Press Platform
www.notionpress.com

उन लोगों के लिए

जो

चिंताओं से घबराते हैं;

और

चिंतन में

उतरने को राज़ी हैं।

क्रम-सूची

क्रम-सूची

भूमिका

मैं अपने ही लेख का एक अंश साझा कर रहा हूं तब आगे की बात की जा सकती है -

'बात बड़ी अजीब जान पड़ती है! लोग कहते हैं चिंता मत करो। चिंता करना ठीक नहीं है। क्या चिंताओं को रोका जा सकता है? क्या चिंताओं को कोई रोक पाया है? चिंताएं आवारा होती हैं। ये बेलाग चली आती हैं। अनचाहे। बिना सोचे। कहीं भी, कभी भी। सोते हुए भी चिंताएं रुकती नहीं हैं। जो लोग निश्चिंत होने दंभ भरते हैं, वह किसी बहाने से कम नहीं है। दरअसल, निश्चिंत होने के बहानों के पीछे चिंताएं छुपकर बैठ जाती हैं। व्यक्ति को अकेला पाते ही फिर निकल आती हैं। इनसे बचना कठिन है। चिंता को चिंतन में बदलना एक उपाय हो सकता है।'

बात बहुत स्पष्ट है। मानवीय काया है तो चिंताएं होंगी ही। चिंताएं कम या अधिक हो सकतीं हैं किन्तु चिंताओं के बिना जीवन असंभव है। मैं जब भी चिंताओं में घिरा मैंने उनका दमन नहीं किया, वरना वे आततायी हो जातीं हैं और घोर निराशा आ घेरती है। अनेक बार आततायी हो चुकी चिंताएं व्यक्ति को आत्महंता तक बना देतीं हैं।

मैं चिंताओं को लेकर बहुत दुखी भी न हो सका; बल्कि मैंने उन चिंताओं को चिंतन की राह में धकेल दिया। व्यक्ति का मन बड़ा चंचल होता है और वह चिंताओं का लाभ उठाकर बेहद उत्पाती हो जाता है। अस्वाभाविक अस्थिरता की स्थिति बन जाती है, लेकिन मैंने ऐसा नहीं होने दिया। मन को पठन-पाठन में व्यस्त किया और उसे चिंतन की गहराई में उतारकर शब्दों की शक्ल देने की कोशिश की है। यही कोशिश इस किताब के संकलित लेखों में पाठक को दिखाई देगी। आप पाएंगे कि प्रत्येक लेख चिंता से चिंतन में उतरते हुए गुदगुदाता है, हंसाता है, गुत्थियों को सुलझाने की कोशिश करता है।

मैं नोशन प्रेस का दिल से आभारी हूं। जिसकी वजह से इन लेखों को एक किताब की शक्ल मिल रही है, वरना ये लेख किसी अखबार में मुंह छिपाए रद्दी के हवाले हो रहे थे। चिंतकों का मानना है कि किताबें

हमारी सबसे अच्छी दोस्त होती हैं। यदि पाठक इस किताब से जुड़ सका तो दोस्ती पक्की समझो। वह निश्चित ही एक अनोखी अनुभूति से गुजरेगा। आनंद से भर जाएगा। लेखों में कहीं न कहीं अपने आप को खड़ा हुआ पाएगा। आसपास का परवेश भी उसका अपना ही दिखाई देगा।

दिनाक : मई 26, 2024

राकेश सोहम्, जबलपुर (मध्य प्रदेश)
संपर्क : sohamsahitya@gmail.com

1

कर लो चिंता मुट्ठी में

बात बड़ी अजीब जान पड़ती है! लोग कहते हैं चिंता मत करो। चिंता करना ठीक नहीं है।

क्या चिंताओं को रोका जा सकता है? क्या चिंताओं को कोई रोक पाया है? चिंताएं आवारा होती हैं। ये बेलाग चली आती हैं। अनचाहे। बिना सोचे। कहीं भी, कभी भी। सोते हुए भी चिंताएं रुकती नहीं हैं। जो लोग निश्चिंत होने दंभ भरते हैं, वह किसी बहाने से कम नहीं है। दरअसल, निश्चिंत होने के बहानों के पीछे चिंताएं छुपकर बैठ जाती हैं। व्यक्ति को अकेला पाते ही फिर निकल आती हैं। इनसे बचना कठिन है। चिंता को चिंतन में बदलना एक उपाय हो सकता है। चिंताओं को छांटने की आवश्यकता है। जरूरी और गैरजरूरी चिंताओं को अलग-अलग करना पड़ता है। वरना चिंताएं व्यक्ति को घेर लेती हैं। व्यक्ति छटपटाने लगता है। इसलिए माना गया है कि चिंता चिता समान होती है।

चिंताओं का सिलसिलेवार नियोजन आवश्यक है। जो ऐसा कर पाए वह चिंतक हो जाता है। जो अनावश्यक चिंताओं को फटकने न दे वह साधक है। ऐसा साधक कलाकार हो जाता है। लेखक हो जाता है। संगीतज्ञ हो जाता है। थोड़ी सी चिंताएं व्यक्ति को सजग बनाती है। चिंता सजगता की पहचान है। सजगता सफलता के लिए जरूरी है। बिना चिंता

के व्यक्ति लापरवाह हो जाता है। चिंता के साथ जीना और चिंता में पड़ कर जीने में अंतर होता है।

मोबाइल आधुनिक युग का सर्वाधिक चौंकाने वाला महत्वपूर्ण अविष्कार है।

यह टेलीफोन का नया अवतार है। बात करने के लिए टेलीफ़ोन के निकट होना जरूरी था। बिना तार के चलते-फिरते फ़ोन करने की सुविधा को लेकर शुरू हुआ सिलसिला मोबाइल फ़ोन के रूप में सामने आया। यह सिलसिला अभी रुका नहीं है। मोबाइल को कान में लगाकर रखने की जरूरत समाप्ति पर है! मोबाइल जेब में और कान में सुनने-बोलने वाले यंत्र से बात हो रही है। संदेश को हाथ घड़ी में पढ़ा जा सकता है। संचार सुविधाओं के विकास का सिलसिला कहां पहुंचेगा, कल्पनातीत है। हो सकता है आने वाले समय में मोबाइल हमारे दिमाग के किसी हिस्से में फिट कर दिया जाए। हमारी सोच से चले और आंखों से देखे गए दृश्यों को सहेज कर रख ले!

आज मोबाइल की उपयोगिता असीमित हो चली है।

सूचना और मनोरंजन के अलावा भी अनेक काम मोबाइल के सहारे आसानी से किए जा रहे हैं। गो कि सारी मानवीय चिंताओं और जिम्मेदारियों को उठाने का बीड़ा मोबाइल ने ले रखा है। यह सुबह अलार्म देकर उठाता है। प्रातः भ्रमण के दौरान ब्लड-प्रेशर, क़दमों की गति, क़दमों की संख्या, चली गयी दूरी की गणना जैसे मानकों के सहारे स्वास्थ्य का ध्यान रखता है। वातावरण का तापमान, बारिश की संभावना, तूफ़ान की चेतावनी, हवा का दबाव, धूप की संभावनाओं की जानकारी सतत उपलब्ध कराता चलता है। राहगीरों के लिए दिशा सूचक का काम करता है। गंतव्य तक पहुंचने की राह दिखाता है। भटके हुओं को मंजिल का पता बताता है।

स्तरीय मोबाइल में और भी सुविधाएं हैं। पैसों का लेन-देन, बैंक खातों की जानकारी, सिनेमा, बस, रेल, हवाई यात्राओं का आरक्षण घर बैठे हो जाता है। मोबाइल पर इंटरनेट ने मनोरंजन और ऑनलाइन काम करने की सुविधाएं कभी भी, कहीं भी उपलब्ध करा दी हैं। कुलमिलाकर मोबाइल सुबह उठने से लेकर रात्रि में सोने तक और उसके बाद भी साथ

नहीं छोड़ता। आज मोबाइल के द्वारा विदेश में स्थित अपने घर को नियंत्रित किया जा सकता है। घर के अंदरूनी कमरों पर नज़र रखी जा सकती है। घर में लगे पौधों में सुबह-शाम पानी दिया जा सकता है। आवश्यक रूप से चौबीसों घंटे चलने वाले 'ऐसी' के तापमान को नियंत्रित किया जा सकता है।

आज मोबाइल की उपयोगिता ने एक लत का रूप ले लिया है। इसके बिना व्यक्ति असहज हो जाता है। अकेले में असहाय महसूस करने लगता है। मोबाइल के बिना समय काटना कठिन जान पड़ता है। लोगों का आपसी संवाद घट रहा है।

एक सज्जन लंबे अरसे के बाद विदेश से आए थे।

वे अपने घनिष्ट मित्र से मिलने पहुंचे। उनके बीच आपसी संवाद के दौरान सज्जन का मोबाइल व्यवधान बना हुआ था। मोबाइल में विशेष प्रकार की रिंग बार-बार आ रही थी। वे हर बार मोबाइल में झांकने लगते। कुछ क्षणों के लिए उनके बीच संवाद हीनता आ पसरती। बातों का तारतम्य बिठाने में विषयांतर हो जाता। जब मित्रता की घनिष्टता आशंकित होने लगी तब विदेश से आए सज्जन ने खुलासा किया। विदेश में उन्होंने अपने घर के प्रवेश द्वार पर स्पाई कैमरा लगाया हुआ है। यह दरवाजे के सामने से गुजरने वाले व्यक्ति या वाहन की सूचना मोबाइल पर भेजता रहता है। हालांकि जहां उनका घर है, वहां ऐसा आवागमन नहीं है। दरअसल उन्होंने, त्यौहार के दौरान घर के सामने झिलमिल लाइट की लड़ी लगाई थी। आते समय उसे निकालना भूल गए। उनके घर के आस-पास तेज हवा चल रही थी और झिलमिल रोशनी का एक बल्ब स्पाई कैमरे के सामने झूल रहा था! जिसके कारण उनके मोबाइल पर अनचाहे संकेत आ रहे थे। सुरक्षा की दृष्टि से वे उसे बंद भी नहीं कर सकते थे।

आज हम इस बात पर इतरा सकते हैं कि मोबाइल के सहारे हमने चिंताओं को अपनी मुट्ठी में दबा रखा है। लेकिन 'कर लो चिंता मुट्ठी में' की युक्ति व्यक्ति को निश्चिंत कहां होने दे रही है? व्यक्ति को नजदीक लाने का साधन दूरियां बढ़ा रहा है। आज दिल की आवाज दूर तक जाती है, पास बैठकर सुनाई नहीं देती!

2

भविष्य में भूतकाल

उपलब्ध साधनों के जरिए ही आपदाओं से निपटना पड़ता है।

कई बार इनसे निपटने के साधन कम पड़ जाते हैं। कोरोना की दूसरी लहर के दौरान पूरी दुनिया ने यह देखा। संसाधनों की कमी का खामियाजा लोगों को अपनी जान से चुकाना पड़ा। हालांकि जब चुनौती नई हो, तो साधन खिलौने जान पड़ते हैं। उपलब्ध साधनों की सीमित तादाद के अलावा काम करने वाले हाथ ही कम पड़ जाएं, तब मुसीबत से निपटना आसान नहीं होता।

ऐसी स्थिति में क्या यह संभव है कि वर्तमान की आपदाओं से निपटने के लिए साधनों की आपूर्ति भूतकाल में उपलब्ध साधनों से हो सके ? अमूमन साधनों का अविष्कार, उनका विकास और संग्रहण भविष्य के लिए होता है। यानी अगर वर्तमान ठीक रखा जा सके तो सुनहरे भविष्य का निर्माण और उसे सुरक्षित रख पाना संभव है। मगर यही साधन भविष्य में भी कम पड़ जाए तो भूतकाल से नहीं मांगे जा सकते !

हम जो देख पा रहे या जो दिखाई देता है, वह वर्तमान है। जो हमारी दृष्टि से परे है वह भविष्य है। जो भूत, वर्तमान और भविष्यकाल को देख सके वह त्रिकालदर्शी होता है।

व्यक्ति में भूत या भविष्य काल को देखने की सामर्थ्य नहीं होती। वह सदा वर्तमान में जीता है।

ओशो ने सामान्य मनुष्य के त्रिकालदर्शी हो सकने की संभावना के बारे में तर्क दिया था कि व्यक्ति अगर थोड़ा-सा ऊपर उठ जाए तो वह त्रिकालदर्शी हो सकता है। व्यक्ति जितना ऊपर उठता जाता है, उसकी यह क्षमता विस्तारित होती जाती है।

वे दो राहगीरों का उदाहरण देते हैं। दोनों जंगल में एक रास्ते के किनारे बैलगाड़ी की प्रतीक्षा कर रहे हैं। एक राहगीर वृक्ष की छाया में नीचे खड़ा है, जबकि दूसरा वृक्ष की सबसे ऊंची शाखा पर बैठा है। बहुत दूर से एक बैलगाड़ी आ रही है। वृक्ष के ऊपर बैठा राहगीर उसे देख पा रहा है कि बैलगाड़ी आ रही है। यह घटना उसका वर्तमान है, जबकि नीचे खड़ा राहगीर बैलगाड़ी को नहीं देख पा रहा है। बैलगाड़ी का आना उसके लिए भविष्य है। वह कहेगा कि बैलगाड़ी आएगी। वृक्ष के ऊपर बैठा राहगीर वृक्ष के नीचे बैठे व्यक्ति का भविष्य देख पा रहा है। जब बैलगाड़ी गुजर जाएगी तब नीचे खड़ा राहगीर कहेगा बैलगाड़ी चली गई। पर वृक्ष के ऊपर बैठा राहगीर अब भी कहेगा, बैलगाड़ी जा रही है। वह नीचे वाले व्यक्ति का भूतकाल भी देख पा रहा है। इस प्रकार वह त्रिकालदर्शी हो जाता है।

आज विज्ञान तेज गति से आगे बढ़ रहा है। विज्ञान की मानें तो भूत एवं भविष्य में विचरण और बदलाव संभव प्रतीत होता है।

हॉलीवुड की एक बहुत खूबसूरत फिल्म है- **'द टुमारो वार'**, जिसमें यह संभव होते दिखाया गया है। वर्ष दो-हज़ार-इक्यावन में दुनिया की कुल आबादी पांच लाख से भी कम रह गई है। पृथ्वी पर दूसरे ग्रह से आए प्राणी यानी एलियंस ने कब्जा कर लिया है। वे इतनी बड़ी संख्या में विकसित हो चुके हैं कि उन्होंने बहुतायत मानव आबादी को अपना शिकार बना लिया है। सुरक्षा के साधन नष्ट कर दिए हैं। ऐसी स्थिति में एलियंस से लड़ने के लिए न केवल साधन सीमित और कम पड़ रहे हैं, बल्कि मनुष्यों की संख्या भी कम पड़ रही है।

ऐसी विकट स्थिति में तात्कालीन वैज्ञानिक, सैनिकों की भर्ती का एक अभूतपूर्व तरीका निकालते हैं।

'टाइम ट्रेवल' द्वारा कई वर्ष पीछे सन् दो-हज़ार-इक्कीस में जाकर जांबाज सैनिकों को चुनकर लाते हैं, ताकि वर्ष दो-हज़ार-इक्यावन में

एलियंस के खिलाफ़ लड़ कर अपनी बहादुरी का लोहा मनवा सकें। ये जांबाज़ सैनिक एलियंस से बहादुरी से लड़ते हैं, लेकिन मिशन विफल हो जाता है। जांबाजों को निश्चित अवधि के बाद वर्ष दो-हज़ार-इक्कीस में वापस आना पड़ता है। इस विफलता से जांबाजों को एक दिशा मिलती है।

वर्तमान को सुधारने और सुरक्षित रखने की जरूरत है।

वर्ष दो हज़ार इक्कीस में पृथ्वी के किसी कोने में पनप रहे मुट्ठी भर परग्रही एलियंस का सफाया करना होगा, ताकि ये विकसित होकर भविष्य को खतरे में न डाल सकें। वर्ष दो-हजार-इक्यावन की भयावह स्थिति की ज़िम्मेदार दो-हज़ार-इक्कीस में की गई अनदेखी है। अगर आज मुठ्ठी भर एलियंस का सफाया कर दिया जाए, तो दो-हज़ार-इक्यावन की स्थिति ही निर्मित नहीं होगी !

बहरहाल, भले ही यह एक विज्ञान सम्मत कल्पना हो, लेकिन यह इस यथार्थ को पुख्ता करती है कि जिस वर्तमान को हम देख पा रहे हैं, समझ पा रहे हैं, उसे सुरक्षित रखा जाए। तभी स्वस्थ और उन्नत भविष्य सुनिश्चित होगा।

ग्लोबल-वार्मिंग, ऋतु-चक्र का बिगड़ना, बाढ़, सूखा और कोरोना जैसी विश्विक महामारी मानव की पर्यावरण के प्रति उदासीनता को दर्शाते हैं। आधुनिक आपाधापी, टीवी और मोबाइल की आभासी छवियों के कारण वर्तमान के प्रति निश्चेतना का भाव बढ़ता जा रहा है। इसलिए जरूरत है, प्रकृति के प्रति सचेत और जागरूक होने की। आभासी दुनिया की बजाय वर्तमान में जीने की जरूरत है।

3

मन में लड्डू फूटते क्यों हैं

भारतीय पकवानों में लड्डू को कौन नहीं जानता।

शायद ही कोई होगा जिसे लड्डू पसंद नहीं होंगे। किसी भी अवसर में लड्डू जगह बना लेते हैं। लड्डू बेशक एक मानवीय आविष्कार है।

खाने के मामले में लड्डू मनुष्य का पहला पकवान माना जा सकता है।

आदिमानवों ने खाद्य सामग्री जुटाई होगी। खाने के लिए मुट्ठी में समेटकर उठाई होगी। अचानक कुछ कारणवश बिना निगले मुट्ठी की खाद्य सामग्री दोबारा जमीन पर रख दी होगी। बाद में आश्चर्यचकित हुए होंगे, अरे ! यह गोल-गोल अच्छा दिख रहा है। कालान्तर में बिखरी खाद्य सामग्री को मुट्ठी में दबाकर लड्डू का रूप दिया जाने लगा होगा। जैसे-जैसे मानवीय समझ बढ़ी होगी, अलग-अलग खाद्य सामग्रियों से न-न प्रकार के छोटे-बड़े और रंग-बिरंगे लड्डू बनाए जाने लगे होंगे। उठाने-धरने और कम जगह में अधिक सामग्री के संग्रहण में आसानी की वजह से लड्डू चर्चित होते गए होंगे। जब मन किया, लड्डू उठाया और मुंह में डाल लिया।

लड्डुओं को बड़े यतन से रखना पड़ता हैं। वरना वे फूट जाते हैं।

बनाने की विधि पुख्ता नहीं होने से भी लड्डुओं के फूटने की संभावना बढ़ जाती है। मन में लड्डू के फूटने का सबब कौन नहीं जानता। सवाल है कि क्या मन में भी लड्डू होते हैं? क्या सबके मन में लड्डू होते हैं? अगर होते हैं तो कितने? किसी ने देखे हैं कभी मन के लड्डू? मन में लड्डू फूटते क्यों हैं? कोई यह तर्क दे सकता है कि मन में लड्डू होते हैं तभी तो फूटा करते हैं। सवाल यह भी है कि मन के लड्डुओं को साबुत रखने में क्या हर्ज है? लड्डुओं को फोड़ने की क्या आवश्यकता है? कोई यह भी शर्त रख सकता है कि मन के लड्डुओं को बचा कर रखना है। लड्डुओं को मन में रखे रहना है, फूटना नहीं चाहिए! तब तो यह कठिन परीक्षा से गुजरने का मामला हो जाएगा!

मन में लड्डू को फूटने से बचाना एकदम असंभव है। बाहर रखे असली लड्डूओं को फूटने से बचाए जाने का यत्न किया जा सकता है, लेकिन मन में लड्डू को नहीं। लड्डू मन में गए कि फूटे। वे मन में कभी साबुत नहीं बचते। लड्डू मुख तक साबुत जा सकते हैं। मुख के अंदर भी साबुत रुक सकते हैं। मन में लड्डू फूट ही जाते हैं। मन में लड्डू को फूटने से कोई नहीं बचा सकता। लगभग हर व्यक्ति के मन में लड्डू फूटते हैं। शायद जानवरों के मन में भी लड्डू फूटते हों। वे नहीं जानते हैं कि लड्डू क्या बला है। यह एक खोज का विषय हो सकता है।

कहते हैं मन चंचल होता है। वह बड़ा जिद्दी भी होता हैं। वह चाहे हज़ार काम लेकर बैठा हो। कितना भी व्यस्त हो, लेकिन लड्डू फोड़ने का मौक़ा नहीं चूकता।

व्यक्ति के मन में गाहे-बगाहे लड्डू फूटने लगते हैं। यह एक बड़ा प्रश्न है कि मन में इतने लड्डू आते कहां से हैं? क्या है इनकी आपूर्ति का स्त्रोत। मौका चाहे कोई भी हो, मन लड्डू फोड़ने बैठ जाता है। व्यक्ति चटपटी चाट खाने गया है। अभी चाट उसके हाथों में आई नहीं है। मन लड्डू फोड़े जा रहा है। यों खाउंगा, त्यों खाउंगा, मजा आ जाएगा, अहा!

सुंदर स्त्री देखते ही पुरुष मन धड़ाधड़ ढेरों लड्डू फोड़ने लगता है। खाने-पीने की जगह मिलते ही भ्रष्टाचारियों के मन में लड्डू फूटने लगते हैं।

मन के लड्डुओं की आवक खोज का विषय हो सकती है। दुनिया का कड़वा सच यह भी है, जिन गरीबों को असली लड्डू नसीब नहीं होते, अकसर उनके मन में ढेरों लड्डू फूटते हैं। खराब किस्मत वालों के मन में लड्डू फ़ूटने की पूरी गारंटी है।

असली लड्डू बनाने के कई तरीके हैं।

इन्हें बनाने की हजार सामग्री हो सकती है, लेकिन मन के पास सामग्रियों की कोई कमी नहीं है। वह बड़ा चालाक है। पता नहीं कौन सी विधि से किसी भी चीज के तुरंत लड्डू बना लेता है! और फिर फोड़ने लगता है। लेखकों के मन में संपादक की स्वीकृति, प्रकाशन की सूचना और बड़े मानदेय के लड्डू फ़ूटने लगते हैं। नेताओं के मन में चुनाव जीतने के लड्डू फूटते हैं। बीमार के मन में जीवन के लड्डू फूटते हैं। कुंवारों के मन में शादी के लड्डू फूटते हैं। बेघरों के मन में महलों के लड्डू फूटते हैं। चोर मन में चोरी के और लंपट के मन में छोरी के लड्डू फूटते हैं।

एक राजनैतिक सच यह है कि चुनावी दिनों में, मतगणना के समय, परिणाम आते-आते नेताओं के मन में पद और कुर्सी पाने के लड्डू फूटने लगते हैं। कई बार बेचारे! हारे हुए प्रत्याशियों के मन में लड्डू फूटते-फूटते उनके असल लड्डू भी फूट जाते हैं। जीत के लड्डू बांटने के इंतजाम पर पानी फिर जाता है।

बहरहाल, आध्यात्मिक जीवन के एक सूत्र को ऐसे कहा जा सकता है। जो व्यक्ति मन में लड्डू फूटने से बचा सकता है, वही सच्चा साधक हो सकता है। साधु भी वही है। भारतीय संस्कृति का इतिहास ऐसे साधकों से भरा पड़ा है। हमारे संस्कार सिखाते हैं कि मनवा तू लड्डू फ़ूटने से बचा।

4

सुबह का संगीत

सुबह में कहां कोई संगीत होता है? वह तो अलसाए अंधेरे में लिपटी, चुपचाप होती है।

सुबह देर तक सोने वाली अधुनातन पीढ़ी यही मानती है। बिस्तर पर पड़े रहने के आदी बहुत सारे लोगों का मानना है कि प्रातः भ्रमण के लिए वही लोग निकलते हैं जो किसी बीमारी से ग्रस्त हैं। अनिद्रा के शिकार लोग भी सुबह का संकेत मिलते ही बिस्तर छोड़कर भाग निकलते हैं। पालतू कुत्ते को प्रातः घुमाने की मजबूरी लोगों को देर तक सोने नहीं देती। सेवानिवृत फुरसतिया लोग सुबह की खाली सड़कों पर और पार्क में वक्त काटने निकलते हैं। दरअसल, ऐसी सोच सुबह देर तक सोने वालों को आत्म तुष्टि देती है।

आधुनातन पीढ़ी, प्रतिस्पर्धात्मक जीवन जी रही है।

ऐसे लोग पिछले दिन की असफलता के साथ सुबह देर तक अवसाद में पड़े रहते हैं। उन्हें सुबह मनहूस दिखाई देती है। मजबूरी में प्रातः जल्दी उठ जाएं तो दिन इतना लंबा लगने लगता है कि काटना मुश्किल हो जाता है। वे जम्हाई लेते बुझे-बुझे से कहते फिरते हैं कि आज का दिन ही बर्बाद हो गया। अकसर देर रात सोने के मानवीय स्वभाव, अनैतिक चिंतन और बेमतलबी उलझन का इल्जाम बेचारी सुबह झेलती है। लोगों का वश चले तो सुबह को होने ही न दें। दिन की शुरुआत दोपहर से होने लगे। कुछ आलसी लोग 'जब जागे तभी सवेरा' का मतलब इन्हीं अर्थों में

लेते हैं।

ऐसे लोगों की भी कमी नहीं हैं जो सुबह उठते है और बीते दिवस की सारी चिंताओं का बोझ लेकर भ्रमण के लिए निकलते हैं। ये लोग प्रकृति के संगीत को नहीं सुन पाते ! अनेक ऐसे शहर हैं जहां रिहायशी क्षेत्रों के आस-पास हरियाली का अभाव है। खुले मैदानों की कमी है। विकसित उद्यान या पार्क नहीं हैं। सवाल उठता है, ऐसी स्थिति में लोग प्रातः भ्रमण के लिए कहां जाएं ?

एक सतासी वर्षीय सेवा निवृत प्रोफ़ेसर ऐसी ही एक बस्ती में पत्नी के साथ अकेले रहते हैं। इस उम्र में भी वे पूरी तरह स्वास्थ्य, चैतन्य और स्फूर्ति से भरे हुए हैं। आज भी दो पहिया वाहन और कार पूरी मुस्तैदी से चलाते हैं। उन्हें याद नहीं पड़ता कि कब वे प्रातः भ्रमण के लिए नहीं गए। शहर में अपने घर पर हैं तो प्रातः भ्रमण की चूक नहीं होती। ठण्ड, गर्मी, बरसात- कोई भी मौसम उनके घूमने में आड़े नहीं आता। ठंड में आवश्यक गर्म कपड़े पहनकर और बरसात में छाता लेकर निकलते हैं।

इस तरह के लोग किसी को अपने आसपास भी मिल सकते हैं, जो नित्य सुबह चार बजे बिस्तर छोड़ देते हैं। पड़ोस के वे बुजुर्ग सुबह एक गिलास गुनगुना पानी पीते हैं। ताज़ा होने के बाद एक प्याला नींबू चाय पीते हैं और प्रातः भ्रमण के लिए निकल जाते हैं। उनके घर के आस-पास न पार्क है, न हरियाली और न ही कोई मैदान। शहर के खाली रास्ते के किनारे-किनारे दूर तक पैदल निकल जाते हैं। वे इस दौरान मोबाइल के उपयोग से बचते हैं। न कोई संगीत, प्रवचन या भजन सुनते हैं और न ही किसी से बातचीत करते हैं। एक साक्षी भाव मन में रखते हैं।

आसपास जो है, उसे ऊपर बैठी परम सत्ता की अनुपम कृति मानने का अपना सुख है और आत्मसात कर लेना शांति की राह।

जो है, जैसा है, अपना है। इस जीवन का हिस्सा है। चीजें, वस्तुएं, प्राकृतिक हों या फिर भौतिक, उसमें तिरोहित हो जाना जीवन को संपूर्णता में जीने का जरिया है। गौर से सुना जाए तो सुबह की नीरवता में भोर का संगीत सुनाई देने लगता है। शुद्ध हवा के झोंके महसूस हो सकते हैं। पंछियों की आवाज अंदर उतरने लगती है। अपनी ही पदचाप हमें चेतावनी देती है। सूर्य की नरम किरणें रात के खुमार को धकेल देती

हैं। ऐसे में जब लौटा जाए, तो मन आनंद की ऊर्जा से भरपूर रहता है। एक चाय का प्याला हाथ में लेकर अखबार या कोई पसंदीदा किताब पढ़ने का अपना सुख है। मोबाइल पर संदेशों के आदान-प्रदान सरोकारी होने का सूचक है। मन आया तो लिखने बैठ गए।

किसी भी व्यक्ति की ऐसी दिनचर्या प्रेरणादायक होती है। लंबा और स्वास्थ्य जीवन जीने की मिसाल है। हिंदी फिल्म '**बूँद जो बन गई मोती**' में एक खूबसूरत गीत है, जो सुबह की खामोशी में प्रकृति के संगीत को महसूस कराता है- **हरी भरी वसुंधरा पर नीला नीला ये गगन, कि जिसपे बादलों की पालकी उड़ा रहा पवन। दिशाएं देखो रंग भरी, दिशाएं देखो रंग भरी चमक रहीं उमंग भरी। ये किसने फूल फूल से किया श्रृंगार है, ये कौन चित्रकार है ...**।' ये उस दौर का गीत है, जब भरपूर प्राकृतिक नज़ारे हमारे आस-पास थे।

आज शहरी इलाकों से प्रकृति लगभग पलायन कर चुकी है।

आस-पास बनावटी प्रकृति ने डेरा जमा लिया है। आधुनिकता, विज्ञान और विकास के भय से वह शहरों से दूर चली गई है। ऐसे में इस तरह एक विचारों से संतोष मिलता है कि हमारे चारों ओर जो कुछ है, वह प्रकृति है। आसपास ही क्यों, हम स्वयं प्रकृति हैं। अगर हम अपने अंदर झांक सकें तो प्रकृति को ही पाएंगे। मानव इस विराट प्रकृति का हिस्सा है।

बस सुबह के संगीत को महसूस करें। इसका आनंद अप्रतिम है।

5

ठहरे हुए लोग

जीवन ठहर जाने का नाम नहीं है। चलना ही जिंदगी है।

जीवन में अनेक पड़ाव आते हैं और निकल जाते हैं। ठीक रेल यात्रा की तरह। स्टेशन आते जाते हैं। रेलगाड़ी रुकती है, फिर आगे बढ़ जाती है। यात्री रास्ते में आए स्टेशनों को छोड़ता हुआ मंजिल की ओर बढ़ता चला जाता है। एक जगह ठहर नहीं जाता। असल जीवन में अनेक लोग जीवन में आए पड़ाव पर ठहर जाते हैं। वे उस पड़ाव से निकल नहीं पाते। उस पड़ाव से उन्हें इतना जुड़ाव हो जाता है कि पड़ाव के छूटते ही असहज हो जाते हैं। बिछोह जकड़ लेता है। कई बार यह जुड़ाव उनके जीवन मरण का मामला बन जाता है।

जीविकोपार्जन के लिए नौकरीपेशा में बिताया गया समय, जीवन की सबसे लंबी अवधि होती है।

यह व्यक्ति का सबसे लंबा पड़ाव होता है। उम्र का सर्वाधिक समय यहां व्यतीत करता है। स्वाभाविक है, इस पड़ाव से लगाव हो जाता है। नौकरी से जुड़ी जिम्मेदारियां दैनिक जीवनचर्या का हिस्सा बन जाती हैं। इस दौरान सुख-दुख और गृहस्थ जीवन के अनेक उतार चढ़ाव व्यतीत होते हैं। और एक दिन यह पड़ाव भी छोड़ना पड़ता है। नौकरी से सेवानिवृत्त होना पड़ता है। जीवन का यह लंबा पड़ाव छूट जाता है। अगले पड़ाव की ओर बढ़ जाना होता है। लेकिन अनेक नौकरी पेशा लोग इसे स्वीकार नहीं कर पाते। नौकरी की जिम्मेदारियों से मुक्त होकर वे

असहाय महसूस करने लगते हैं। ऐसी मानसिक स्थिति के चलते अपने परिवार में कटे कटे से रहते हैं। परिवार के साथ आनंदमयी समय व्यतीत नहीं कर पाते। अवसाद में चले जाते हैं और कुछेक असमय ही दुनिया को छोड़कर चल देते हैं।

एक बड़ी संस्था ने स्वैच्छिक सेवानिवृत्ति योजना के तहत कर्मचारियों की छंटनी की। अनेक अधिकारी और कर्मचारियों ने वित्तीय लाभ लेते हुए सेवानिवृत्ति स्वीकार की। बाद में अनेक ऐसे लोग अवसाद में चले गए। उन्हें अफसोस था कि अभी वे आठ दस साल और नौकरी कर सकते थे। पद और गरिमा छिन जाने से रोग ग्रस्त हो गए।

एक समय था जब आर्थिक संपन्नता नहीं थी। नौकरीपेशा लोगों की आय कम हुआ करती थी। अपना घर बनाना और वाहन क्रय करना एक सपना था। तब लोग सेवानिवृत्ति के बाद अपने शहर, अपने गावों, अपने घरों को लौट जाते थे। आवागमन के साधन कम थे। संचार माध्यमों की कमी थी। जिनके घर उसी शहर में होते, वे कभी-कभी नौकरी स्थल पर चले जाते थे। ख़ास सहकर्मी मित्रों से कभी-कभार मिल-जुल लेते थे। इसलिए नौकरी के पड़ाव से जल्दी बाहर आ जाते थे। शीघ्र अपने परिवार के साथ जीवनचर्या में रम जाया करते थे।

पिछले कुछ सालों में तकनीकी विकास तेजी से हुआ है।

इंटरनेट, मोबाइल और व्हाट्सएप जैसे साधन आने के बाद से दुनिया पूरी तरह बदल गई है। कार्यालयों की कार्यप्रणाली हाई टेक हुई है। इंटरनेट और व्हाट्सएप चैट का बहुतायत से स्तेमाल होने लगा है। कार्यालयों में इंटरनेट के माध्यम से भर्ती, पदोन्नति, स्थानान्तरण की सूचनाएं मिलने लगी हैं। आदेशों के त्वरित निष्पादन और अनुपालन हेतु कार्यालयीन व्हाट्सएप समूहों का गठन भी चलन में आ गया है। इसके अलावा भी कार्यालयों में व्यक्तिगत-व्हाट्सएप समूह बने रहते हैं। इन समूहों के माध्यम से अधिकारी और कर्मचारी आपस में जुड़े रहते हैं। वे अपने सुख-दुःख के अलावा आपसी मनोरंजक बातें साझा करते हैं। नौकरी के दौरान जीवन का यह पड़ाव कार्यालयीन इंटरनेट वेबसाईट पर नज़र बनाए, व्हाट्सएप समूहों पर विमर्श करते और कार्यालयीन जिम्मेदारियों का निर्वाहन करते, सहकर्मियों के बीच बीतता है। दिन,

महीने, साल चुटकियों में गुजर जाते हैं।

यह देखा गया है कि सेवानिवृत्ति के बाद भी अनेक लोग अनाधिकृत रूप से कार्यालयीन वेबसाइट का आईडी-पासवर्ड सेवारत सहकर्मी मित्रों से हासिल कर लेते हैं। कार्यालयीन व्हाट्सप्प समूह में भी जुड़े रहते हैं और कार्यालय की वर्तमान गतिविधियों पर नज़र गड़ाए रहते हैं। समय-समय पर जारी किए जाने वाले कार्यालयीन आदेशों को पढ़ते हैं। किसकी पदोन्नति हुई, कौन सेवानिवृत हुआ या किसकी मृत्यु हुई; की खबर लेते रहते हैं। वहां की वर्तमान गतिविधियों को लेकर अवांछित दबाव में रहते हैं। सेवानिवृत्ति के बाद भी नौकरी के पड़ाव पर जीते हैं। इस कोशिश में हताशा और निराशा हाथ आती है और अवसाद में घिर जाते हैं।

दरअसल, ऐसे लोगों का जीवन रुक जाता है।

ये लोग सेवानिवृत्ति के पड़ाव को ठीक से जी नहीं पाते। पिछले पड़ाव पर ठहरा रेलयात्री अपने गंतव्य नहीं पहुंच सकता। कदम आगे बढ़ाने के लिए पिछले कदम को जमीन छोड़ना ही पड़ती है। यही वो मंजिल है, यही वह स्थायी पड़ाव है जहां पर बच गईं जिम्मेदारियां निभाने का पूरा समय होता है। नौकरी की आपाधापी में छूट गए शौक और कला सुकून दे सकते हैं।

सेवानिवृत्ति के बाद का जीवन, हमारा अपना पड़ाव है। इसे हमने ही सपनों को जोड़कर गढ़ा है। सपने और अपने इसी पड़ाव पर आपकी प्रतीक्षा करते हैं। बस स्वीकार करने की देर है।

6

दरकिनार ईमान

हो सकता है आप घरेलू पम्प खरीदने जाएं और विक्रेता पम्प की खूबियाँ कुछ इस प्रकार बताए - यह पम्प बहुत अच्छा है। इससे कारपोरेशन के नल से सीधे पानी खींच सकते हैं। बस, नल से डायरेक्ट कनेक्शन कर दें। मैं खुद अपने घर में कई साल से इस पम्प का उपयोग कर रहा हूँ। अभी तक कोई प्रॉब्लम नहीं हुई वगैरह... वगैरह..

एक समय ऑनलाइन बिजली बिल भुगतान की सुविधा नहीं थी। पब्लिक सर्विस सेंटर खोले गए थे। कम बिजली बिल देखकर वहां पर नियुक्त कर्मचारी ने तपाक से पूछ था, "क्यों साब, कोई व्यवस्था बना ली क्या ?"

उसका इशारा बिजली के मीटर शिथिल करके या डायरेक्ट कनेक्शन लेकर बिजली चोरी की व्यवस्था बना लेने से था। ऐसी सोच दयनीय है। कम बिजली प्रयोग करके बिजली के प्रति मितव्ययी होना आपको शक के दायरे में खड़ा कर सकता है ! आपको बिजली-चोर बना सकता है।

ज्ञातव्य है कि जल के स्त्रोत सीमित हैं। भू-जल स्तर गिरता जा रहा है। नदियों में जल की मात्रा घट रही है। दिन ब दिन पीने के पानी की कमी हो रही है। इसी प्रकार बिजली उत्पादन के साधन भी सीमित हैं। जबकि इन साधनों को उपयोग करने वाले, बढ़ती जनसंख्या के आंकड़ों के साथ बढ़ रहे हैं। क्या यही एक कारण है कि पानी और बिजली की चोरी आम हो गई सी लगती है? हालांकि ऐसे लोगों की भी कमी नहीं हैं जो

ईमानदार हैं। वे आवश्यकताओं को सीमित रखते हैं। उनकी इन साधनों के प्रति मितव्ययिता पूजनीय है।

बिजली और पानी चोरों की संख्या बहुतायत में है।

इन चोरों के आंकड़े देना संभव नहीं है किंतु आस-पड़ोस का अवलोकन करेंगे तो स्थिति साफ हो जाएगी। इसमें हर वर्ग, जाति, धर्म और समाज के व्यक्ति शामिल हैं। केवल अशिक्षित ही इस बीमारी के शिकार नहीं है बल्कि, उच्च शिक्षित समाज के प्रतिष्ठित और मार्गदर्शक भी बहुतायत में हैं। ऐसे चोर मुख्यतः दो प्रकार के होते हैं। एक तो वे जो गरीब हैं। केवल और केवल प्रकाश के लिए बिजली और जीवनयापन के लिए पानी की चोरी करते हैं। वे अपनी झोपड़ी या घर के पास से गुजरने वाली बिजली के तारों से सीधा कनेक्शन ले लेते हैं। यह कनेक्शन अक्सर, प्रतिदिन शाम को बनाए जाते हैं और सुबह होते-होते निकाल भी दिए जाते हैं। इसी प्रकार ये पास से गुजरने वाली पानी की पाइप लाइन में छेद करके पानी चोरी करते हैं।

एक बार बिजली चोरी का अनोखा मामला प्रकाश में आया था।

यह एक बड़ी इमारत में स्ट्रीट लाइट से बिजली चोरी का मामला था। स्ट्रीट लाइट के तार से सीधा कनेक्शन लिया गया था। आश्चर्य तब हुआ जब यह पाया गया कि इस इमारत से एक तार विकसित कॉलोनी के एक घर को जाता था! यह तार लगभग 15 मीटर मैदान को खोदकर जमीन के नीचे से डाली गई थी। विकसित कॉलोनी में रहने वाले संपन्न रहवासी को बिजली चोरी करने की क्या जरूरत थी ? इतनी आमदनी थी कि वह अपने उपयोग के बिजली का भुगतान कर सकता था, लेकिन फिर भी चोरी की जा रही थी।

ऐसे चोरों को मैं दूसरे प्रकार का पानी और बिजली चोर मानता हूं जो केवल चोरी करने के लिए चोरी करते हैं। इनकी संख्या अत्यधिक है। मध्यमवर्गीय परिवार से लेकर बड़े उद्योगपति तक इस लत के शिकार हैं। इन साधनों की सबसे अधिक बर्बादी भी यहीं से शुरू होती है, जो केवल जरूरत के लिए चोरी नहीं करते।

ऐसे अनेक घर हैं जो नल खुलने के समय से आधे घंटे पूर्व पंप चालू कर देते हैं और नल बंद होने के देर बाद तक चालू रखते हैं। पाइपलाइन में

से पानी की एक-एक बूंद चूस लेते हैं। हालांकि उनकी जल की आवश्यक मात्रा शीघ्र पूरी हो जाती है। लेकिन शेष पानी बरबाद किया जाता है। प्रतिदिन वाहन, आंगन, छत और बगीचे के पेड़ पौधे धोए जाते हैं। यदि इसके बाद भी पानी आता है तो पाइपलाइन को घर की नाली के मुहाने पर ठूंस दिया जाता है ताकि नाली साफ हो जाए। यह पानी की बर्बादी नहीं तो क्या है ?

हद तो तब हो जाती है जब महकमों में कार्यरत कर्मी स्वयं पानी और बिजली की चोरी में लिप्त होते हैं। ऐसे चोर ज्यादा निर्भीक, आश्वस्त और चोरी करने की तकनीक में पारंगत होते हैं। इन्हें पकड़े जाने का भय नहीं होता है। वे जानते हैं कि निपटना कैसे है। ऐसे लोग आम चोरों में सम्मानित चोर होते हैं। कभी आप इनके सामने दुखड़ा रोएं, पानी और बिजली की दरों को लेकर चर्चा करें, ये तुरंत चोरी के तरीके सुझा देंगे।

मेरा मानना है कि जरूरतमंदों के द्वारा इन साधनों की चोरी उतनी घातक नहीं जितनी तथाकथित समर्थ चोर इन साधनों की बर्बादी करते हैं। कानून इनके सामने बौना है। इन साधनों की बेइंतेहा बर्बादी राष्ट्रीय हित में नहीं है। देश के विकास के लिए इन साधनों के उपयोग के प्रति ईमानदारी और मितव्ययिता पहली शर्त है।

7

दायरे में कैद छवियाँ

शहर में आयोजित एक सम्मान समारोह में अलग-अलग जगहों से लोग आए थे।

उन लोगों में ज्यादातर लिखने-पढ़ने वाले थे। वहां कुछ ही लोग ऐसे थे जो एक दूसरे को व्यक्तिगत रूप से जानते-पहचानते थे। बाकी सोशल मीडिया के किसी न किसी माध्यम से आपस में जुड़े थे। उनमें फेसबुक, व्हाट्सएप या इंस्टाग्राम के माध्यम से पहचान स्थापित हो चुकी थी। कुछ की सोशल मीडिया के स्तर पर पक्की मित्रता भी थी, क्योंकि वे एक दूसरे की उपलब्धियों पर अक्सर टिप्पणी करते रहते थे।

हैरानी की बात तब ज्यादा सामने आई, जब ऐसे लोग भी एक दूसरे के सामने होने के बावजूद मुश्किल से पहचान पा रहे थे। दरअसल, सोशल मीडिया पर साझा छवियों के माध्यम से लोग अपने मित्रों को जैसा जानते-पहचानते थे, वे वैसे दिखते नहीं थे! वे तस्वीरों में कैद छवियों से अलग थे। इसलिए लोग दिक्कत में थे।

कुछ समय पहले करीब चार दशक पुराने छात्रों के समूह ने एक अभिनव मिलन समारोह आयोजित किया। सभी सहपाठियों को सपरिवार आमंत्रित किया गया था। व्हाट्सएप समूह के माध्यम से एक सूचना प्राथमिकता से रखी गई थी कि सभी मित्रों को अपने दो ताजा छाया चित्र साझा करना होंगे। पहली केवल चेहरे की स्पष्ट तस्वीर और दूसरी पूरे कद की, ताकि मित्रों को पहचानने में असुविधा न हो।

दरअसल, छवियां वास्तविकता के लिए कभी पूरी नहीं पड़तीं।

जब लोग छवियों की कैद से बाहर निकलते हैं तो पहचाने नहीं जाते।

ऐसा लगता है जैसे कोई कैदी जेल से बाहर निकलता है तो लोग सहज ही उसे पहचान नहीं पाते। असल में व्यक्ति की पूरी पहचान उसके चेहरे-मोहरे, कद-काठी, हाव-भाव, बोल-चाल और चाल-चलन से निर्धारित होती है। सोशल मीडिया के चलन में आने के बाद से दुनिया में जान-पहचान का दायरा बढ़ा है, लेकिन सर्वाधिक जान-पहचान केवल चेहरे-मोहरे पर आधारित है।

सोशल मीडिया पर तस्वीरों में कैद खूबसूरत चेहरों के कारण सोशल-मीडियाई-दोस्ती भी खूब गुल खिला रही है। यह दोस्ती न केवल प्रेम में, बल्कि प्रेम-विवाह तक भी पहुंच रही है। हालांकि मात्र चेहरे की पहचान व्यक्ति की पूरी पहचान नहीं होती। विवाह को स्थायित्व प्रदान करने के लिए आपसी पहचान की प्रगाढ़ता को जरूरी माना गया है।

आधुनिक जीवन शैली ने इसके कुछ रास्ते भी खोजे हैं। कुछ समय पहले **'डेटिंग'** प्रचलन में आया। दो व्यक्ति दिन का कुछ समय साथ-साथ अकेले में बिताते हैं, ताकि एक-दूसरे को ठीक से पहचान सकें। विवाह के टिके रहने में फिर भी समस्या आई। इसके बाद **'लिव-इन-रिलेशनसिप'** यानी 'सहजीवन' अस्तित्व में आया। इसमें युवक और युवती कुछ दिन या कुछ महीने या कई-कई साल तक एक ही घर में एक साथ पति पत्नी की तरह रहते हैं। यह सुनिश्चित करते हैं कि वे एक-दूसरे के साथ विवाह के बंधन में पूरा जीवन गुजार सकेंगे या नहीं। तब भी समुचित परिणाम सामने नहीं आ रहे हैं। डेटिंग और लिव-इन-रिलेशनशिप जैसी व्यवस्था केवल दैहिक संतुष्टि में ही सिमटकर रह गई है। पहचान तब भी अधूरी है।

चेहरे-मोहरे के अलावा बाकी पहचान निर्धारित करने वाले तत्वों का लाभ फ़िल्मी परदे पर दिखाई देने वाले अभिनेता और अभिनेत्रियों को मिलता रहा है।

दर्शक अभिनेता-अभिनेत्रियों को गहराई से पहचानने लगते हैं। वे उन्हें बार-बार अनेक कोण से देखते-सुनते हैं। इसलिए उन्हें उनकी आंख, नाक, ठोंड़ी या होंठो की बनावट मात्र से पहचान लेते हैं। तस्वीर सामने न

हो तब भी उनकी आवाज, अंदाज़ या चाल-ढाल से चुटकियों में पहचान लेते हैं। बावजूद इसके पहचान अधूरी ही रहती है।

एक परिचित एक अभिनेता के बहुत बड़े प्रशंसक हैं। किसी काम से मुंबई मायानगरी गए थे। एक व्यावसायिक परिसर में खरीदारी के दौरान उनका प्रिय अभिनेता ठीक उनके सामने था, लेकिन वे उसे पहचान नहीं सके। जब कुछ लोगों की भीड़ ने उस अभिनेता को घेर लिया, तब उन्हें अहसास हुआ। लेकिन तब तक देर हो चुकी थी। अभिनेता के इर्द-गिर्द इतनी भीड़ जमा हो गई थी कि लाख कोशिश करने के बावजूद उसके करीब नहीं पहुँच सके। परिचित हंसकर बताते है कि उनका प्रिय अभिनेता एक सामान्य व्यक्ति की तरह बहुत छोटा दिखाई दे रहा था, जबकि बड़े परदे पर उन्होंने उसे बड़ा ही देखा है। इसलिए पहचानते हुए भी अपने प्रिय अभिनेता को पहचान नहीं सके और व्यक्तिगत मिलने का सुनहरा अवसर खो बैठे।

पहचानते हुए भी नहीं पहचान पाना सोशल मीडिया की विडंबना है।

बहरहाल, असली व्यक्तिगत पहचान का दायरा तस्वीरों, डेटिंग या लिव-इन की पहचान से बहुत बड़ा होता है।

बचपन के मित्र बीस-तीस साल के बाद भी जब मिलते हैं तो उन्हें पहचानने में ज्यादा देर नहीं लगती। संबंधों की मजबूती का आधार गहरी व्यक्तिगत पहचान होती है। दुनिया का सबसे बड़ा सच ये भी तो है कि आदमी की सही पहचान उसके दिल से होती है। यह भी अगर दिल्लगी बन जाए तो जीवन कठिन हो जाता है।

8

गए साल की याद

समय क्या है, यह ठीक-ठीक जानना बाकी है।

हमारे आसपास की चीज़े बदल जातीं हैं, वातावरण बदल जाता है, शरीर में आए बदलावों के आधार पर मान लिया जाता है कि समय गुजर गया। फिर भी यह माना जाता है कि समय का न आदि है और न ही अंत। वह कभी रुकता नहीं है। समय की रफ़्तार को कोई रोक नहीं सकता। वह तो सतत है, चलायमान है, गतिमान है। इस लिहाज से देखें तो यह समय भी बीत गया, जिसे सबने एक साल में बंधा हुआ मान रखा था। पूरा एक साल बंधन खोलकर फुर्र हो गया! ऐसे लगता है कि अभी तो आया था नया साल, जब सबने मिलकर बीते साल का आकलन किया था। उस साल में 'क्या खोया और क्या पाया' का हिसाब लगाया था, नए साल के आगमन की ख़ुशी में धूम मचाई थी, कितनों ने जमकर जश्न मनाया था, जाने कितने मस्ती में सड़कों पर बेतहाशा वाहन दौड़ाए गए होंगे, कितने ही नए सपनों में डूबकर क्या-क्या खोजते रहे होंगे।

और अब एक और साल निकल गया।

थोड़े से संजीदा लोगों ने साल को नई कसौटियों पर कसते हुए योजनाएं बनाई थीं। कई अवसरों पर वादे किए होंगे, लेकिन पूरा साल मानो चुटकियों में बीत गया। वादे और महत्वपूर्ण योजनाएं धरी की धरी रह गईं। समय अपने निर्धारित तरीक़े से बीत गया। वह मानव द्वारा निर्धारित मापदंडों में चलता रहा। सेकंड, मिनट, घंटे, दिन और महीनों

के बीच फिसलता रहा और हम अपना तरीका ही निर्धारित करते रह गए। हम सब हर बार चूक जाते हैं। हमें चूकने में महारत हासिल हो गई है, क्योंकि हम समय को देखते हैं, उसे पकड़ने की कोशिश करते हैं और खुद को देखने से चूक जाते हैं। ऐसा करने वाले चूकते ही हैं। यह अदृश्य को पकड़ने की नाकाम कोशिश करने जैसा झक्कीपन है। यथार्थ की ओर पीठ करके बैठने जैसा उपक्रम है।

सवाल है कि आखिर आदमी अपने वादों को लेकर इतना कमज़ोर क्यों है।

अपनी योजनाओं के प्रति उदासीन क्यों है। अपनी कसौटियों पर ढीला क्यों पड़ जाता है? ऐसे अनेक प्रश्नों की गहराई में जाएं तो पाएंगे कि प्रकृति हमारे साथ नहीं हैं। उस चेतना, उस ऊर्जा, उस शक्ति का अभाव है जो हमें जीवंत रखती है। प्रकृति प्रदत्त काया के लिए प्रकृति ही एकमात्र उपाय है। प्रकृति मानवीय जीवन से पलायन कर रही है। शहरी परिवेश से प्रकृति आमतौर पर विलुप्त होती जा रही है। हरियाली का अभाव है। प्राकृतिक हवा की कमी है। मौन के सौहार्द या सद्भाव में वाहनों और कल-कारखानों की 'सिम्फनी' शोर पैदा कर रही है। भोजन में रासायनिक ज़हर घोलती खाद्यान्न सामग्री हैं। जीविकोपार्जन की आपा-धापी शहरी जीवन में प्राथमिक हो गई है। दिनचर्या के एक निर्धारित वर्तुल में घूमता हुआ उनका जीवन चक्करघिन्नी बन जाता है।

अनेक संजीदा लोग सुबह जल्दी बिस्तर छोड़ना चाहते हैं। रोज सुबह भ्रमण और व्यायाम का संकल्प लेते हैं। सही समय पर जागने या काम करने के लिए घड़ी में अलार्म लगाते हैं। कुछ दिन बाद वही, ढाक के तीन पात।

वे उठते हैं, अलार्म को बंद करते हैं और बिस्तर में घुस जाते हैं। घड़ी का अलार्म बंद करना हमारे हाथ में होता है। अलार्म लगाना या नहीं लगाना भी हमारी मर्ज़ी पर निर्भर करता। इस संकल्प में प्रकृति हमारी कोई मदद नहीं कर पाती, क्योंकि प्रकृति तो पलायन कर गई है। भोर के साथ चिड़ियों के चहकने का संगीत शहरों में अब नहीं है। हौले से थपकी देकर जगाने वाला सूरज इमारतों के पीछे छुपा होता है। फूंक मारकर

नींद उड़ा देने वाली सुबह की बयार भटक जाती है। ऐसे में कितने ही संकल्प बार-बार तोड़े जाते हैं। सारा दोष समय पर मढ़ दिया जाता है। कभी समय की कमी बताकर और कभी समय खराब होने का इलज़ाम देकर लोग संतुष्ट हो जाते हैं।

सुदूर गांवों का वातावरण अब भी प्रकृति के करीब है जो कि निर्धारित संकल्प के निर्वाह के लिए अनुकूल होता है।

प्रकृति मानवीय चेतना को सदैव चैतन्य रखती है। शाम की बेला सुकून से भर देती है। रात्रि का शांत वातावरण लोरियां सुनाने लगता है। नींद की आगोश में समा जाने की इच्छा बलवती हो उठती है। सुबह की शीतल हवा वंदना करती है। पंछियों का कलरव जगा देता है। सूर्य की रौशनी और हरियाली के सम्मोहन से शरीर में ऊर्जा का संचार होने लगता है। ऋतु परिवर्तन के अनुसार खेत-खलिहानों की अनुकूल व्यवस्था के लिए काया स्वयं ही तैयार होने लगती है। ऋतु के अनुकूल जानवरों की चर्या प्रकृति के अनुकूल व्यवहार का पाठ पढ़ाती है। कुलमिलाकर प्रकृति, कृतसंकल्पित होकर योजनाओं को पूरा करने में मदद करती है।

इसलिए शहरों में रहते हुए संकल्प को पूरा करने के लिए मजबूत जिजीविषा की आवश्यकता होती है। प्रकृति से जुड़े रहने की जरूरत होती है। इसके लिए प्रकृति के पास निकल जाने की एक सूत्रीय प्रतिबद्धता में बंध जाना सबसे आसान उपाय हो सकता है। वहां से संचित ऊर्जा से यह महसूस करें कि प्रकृति सदैव हमारे साथ है, हमारे अंदर है।

हर नए साल के लिए प्रकृति के प्रति संकल्पित हो जाएं बस।

9

क्या आप फेर में हैं

मैं किसी फेर में नहीं हूं। यह अच्छी बात है इसलिए मुझे गर्व है।

फिर सोचता हूं कि मैं किसी फेर में क्यों नहीं हूँ ? मैं बड़ी ऊहापोह में रहा ! महाभारत में अर्जुन अपने ही रिश्तेदारों की सेना का संहार करने के लिए खड़े थे। बड़ी चिंता में थे कि वे अपनों का संहार कैसे कर सकते हैं ! तब कृष्ण कहते हैं, ब्रह्म सत्यं जगत मिथ्या। इसका अर्थ है, यह दिखने वाला जगत सत्य नहीं है, केवल और केवल ब्रह्म ही सत्य है, इसलिए अर्जुन तुम इस जगत के 'फेर में' मत पड़ो, यह सब छलावा है। किंतु इस घोर कलयुग में प्राचीन परंपराएं और मान्यताएं लगातार टूट रहीं हैं। ईश्वर समान माता-पिता को असहाय छोड़कर, मंदिरों में भजन-कीर्तन का शोर बढ़ता जा रहा है। लोग मानवता भूलकर, पत्थरों को पूजने के फेर में पड़े हुए हैं !

इस प्रकार फेर में पड़ने की प्रथा अति प्राचीन है।

कैकई, पुत्र मोह में राजपाठ हड़पने के फेर में पड़ीं थीं; तो सूर्पनखा खूबसूरत राजकुमारों राम और लक्ष्मण के फेर में और सुकुमारी सीता स्वर्ण हिरण के फेर में पड़ी थीं। दरअसल, फेर में पड़ने से बचना आसान नहीं है। फेर में पड़ने की लालसा ऐसी ही है। यद्यपि फेर में पड़ना इतना आसान भी नहीं है, इसके तमाम खतरे हैं। केकई पुत्र मोह में राजपाठ के फेर में पड़ीं, तो उनका पुत्र राजपाठ छोड़कर विरोधी हो गया था और कैकई को दुख ही दुख मिले। सूर्पनखा राजकुमारों के यौवन के फेर में पड़ी

और उन्हीं से अपनी नाक कटा बैठी। रावण भी सीता के फेर में सब कुछ गवां बैठे। संस्कारी सीता भी स्वर्ण हिरण के फेर में अपहृत हुई थीं।

फिर मैं खाली-पीली, ताल ठोक कर कहूं कि मैं किसी फेर में नहीं हूँ तो उन लोगों का क्या, जो फेर में पड़े हैं और मजा ले रहे हैं।

आज हर छुटभैया नेता कुर्सी के फेर में हैं। वे ऊपर से कुछ भी कहें कि हम तो जनता की सेवा करना चाहते हैं। केवल और केवल गरीब जनता की चिंता है। किंतु अंदर से बस मकसद एक ही है वोट, कुर्सी और नोट। वे बस इसी फेर में पड़े हुए हैं। मुझे याद आता है मेरा एक मित्र अच्छी नौकरी में आ गया था। अधिकारी के पद पर पदस्थ था, लेकिन कुर्सी के फेर में पड़ गया था। नौकरी छोड़कर चुनावी मैदान में कूद गया, चुनाव में खड़ा हो गया, फिर चारों खाने चित। बाद में बहुत दिनों तक पार्टियों के पोस्टर बनाने और चिपकाने का कार्य करता रहा।

आज फेर में पड़ना फैशन में है।

लोग अपनी-अपनी हैसियत के अनुसार फेर में पड़े हुए हैं। छोटा व्यक्ति, छोटे फेर में और बड़ा, बड़े के फेर में है। सब खतरा उठाए मजे ले रहे हैं। गांव के सीधे-साधे लोग भी फेर से बचे कहां हैं। वे एक अलग तरह के फेर में है। इधर डॉक्टर धन के फेर में शहरों में अटके हुए हैं, उधर गांव-कस्बों के लोग, नीम हकीम के फेर में पड़े हुए हैं। जब गाँव में मर्ज़ बिगड़ता है तब वे जादू-टोना के फेर में पड़ जाते हैं और अंत में बचा-खुचा धन लेकर शहर का रुख करते हैं। शहर के लोग बड़े-बड़े अस्पतालों के फेर में पड़ जाते हैं। इलाज़ के खर्च में उनकी जमीनें बिक जाती हैं।

आजकल शहर में एक खबर आम हो गई सी लगती है।

आए दिन एक समाचार बदले नामों के साथ बार-बार पढ़ने में आता है, लेकिन जनता है कि चेतती नहीं हैं। सोने से लकदक महिलाएं, सोने को दोगुना करने के फेर में पड़ जातीं हैं। कोई चालाक बाबा आता है और सोने को दोगुना करने के लालच देकर ठग लेता है।

कुलमिलाकर, फेर में पड़ने के जलवे ऐसे ही हैं। व्यवसायी पैसा बनाने के फेर में हैं। तथाकथित नेता और ठेकेदार विकास के बहाने जनता को लूट लेने के फेर में है। माना कि हजार खतरे हैं फेर में पड़ने के, फिर भी ना जाने क्यों अब मुझे लगता है कि मैं किसी फेर में क्यों नहीं हूँ?

सप्ताह के प्रथम दिन, मूछों और बालों पर डाई चुपड़कर, बॉडी पर परफ्यूम छिड़ककर निकलता हूं तब श्रीमती जी चिंता में पड़ जाती हैं। कहीं मैं किसी ऐसी-वैसी के फेर में तो नहीं हूँ और मेरा मन प्रसन्नता से भर उठता है। दिल की फिजा पर चांद चमकने लगता है, क्योंकि फेर में है तो फैन हैं। फैन हैं तो मीडिया है। मीडिया है तो लाइमलाइट है, प्रसिद्धि है। प्रसिद्धि है तो पैसा है। पैसा है तो सम्मान है और सम्मान में सब ढक जाता है।

बहरहाल, हमारे देश में त्यौहारों के नज़दीक आते ही बाज़ार लुभावनी स्कीमों से अट जाते हैं। ऐसे में बेचारे उपभोक्ता स्कीमों के फेर में पड़ सकते हैं। अतः अपनी हैसियत और बजट के अनुसार खरीदारी करना तर्कसंगत होता है, किसी फेर में न पड़ें।

10

स्वच्छता की सोच

एक समारोह के दौरान कुछ लोग साथ खड़े होकर चाय पी रहे थे।

एक व्यक्ति की चाय खत्म हो गई थी। दूसरे व्यक्ति ने वह खाली कागज़ के एकल उपयोग वाला कप लिया और जहां वे खड़े थे वहीं अपने सहित दोनों के कप फर्श पर फेंक दिए। हालांकि कचरा पेटी पास ही थी। कोई भी होशमंद व्यक्ति यही चाहेगा कि खाली कप को कचरे के डिब्बे के हवाले किया जाए।

जिनके हाथ से कप लेकर कचरा पेटी की जगह लापरवाही से यों ही फेंक दिया गया, वे विदेश में लंबा समय व्यतीत करके लौटे थे। साफ़-सफाई के मामले में विकसित देश जागरूक हैं। निजी स्थल हों या सार्वजनिक जगहें, स्वच्छता दिखाई देती है। ज्यादातर देशों में नागरिक का दायित्वबोध भी विकसित हुआ है। अपवादों को छोड़ दिया जाए तो लोग इस बात को मानते हैं कि आस-पास के वातावरण की स्वच्छता की जिम्मेदारी उनकी अपनी है। कोई दूसरा गंदगी फैलाने की कोशिश न करे, लोग यह भी ध्यान रखते हैं। बच्चों को बचपन में ही स्कूल में पढ़ाई की बजाय नागरिक कर्तव्यों और नैतिक व्यवहार की शिक्षा दी जाती है। वहां के बच्चों को बताया जाता है कि किसी से चींख-चिल्लाकर बात न करें। जब कोई बोले तो उसकी बातों को ध्यान से सुनें, बीच में न बोलें। किसी को तकलीफ न पहुंचाएं।

वहां पर बच्चों को सिखाया जाता है कि सार्वजनिक स्थानों जैसे रास्तों, होटलों, दूकानों या बाग़-बगीचों में नियमों का पालन करते हुए स्वच्छता का ध्यान रखें। धैर्यपूर्वक लाइन में खड़े रहें। धक्का मुक्की न करें। सामने वाले व्यक्ति से समुचित दूरी बनाकर रखें। अपनी बारी आने की प्रतीक्षा करें। बुजुर्ग व्यक्तियों और गर्भवती महिलाओं का सहयोग और सम्मान करें। उन्हें प्राथमिकता दें। रास्तों पर न थूकें। कचरे को निर्धारित जगहों पर में ही डालें। फिर से उपयोग में आने वाले कचरे को अलग डिब्बे में डालें। सफाई कर्मियों, दमकल कर्मियों, चिकित्सक और नर्स का सम्मान करें।

यों सिखाया और बताया तो हमारे यहां भी जाता है, लेकिन इसका ख़याल रखना जरूरी नहीं समझा जाता।

विदेशों में लोग रास्ते चलते पानी की खाली प्लास्टिक की बोतलों को हमारी तरह यों ही नहीं फेक देते। अपने पास रख लेते हैं और उचित जगह कचरा पेटी में ही फेकते हैं। टॉफ़ी, आइसक्रीम, भोजन आदि के कागज़ के डिब्बे, ढक्कन, चम्मच या खाली पैक को निर्धारित कचरा पेटियों में डालते हैं। कुत्तों को पालने के शौक़ीन, सुबह-शाम उन्हें घुमाने निकलते हैं तो कुत्ते की गंदगी को पोलिथीन बैग में उठाकर कचरा पेटी में फेक देते हैं। रास्तों पर चलने वाले लोग बिना शर्म गलती से पड़े कचरे को उठाकर कचरा पेटियों के हवाले कर देते हैं।

हममें से शायद ही कोई ऐसा हो, जो इन बातों को बेमानी कवायद कहे। आजकल बहुत सारे लोग इसे एक जरूरी आग व्यवहार के तौर पर देखते हैं। उनमें से कई लोग ऐसा करते भी हैं। लेकिन यह आम नहीं है।

व्यवस्थाओं का न होना एक बात है लेकिन व्यवस्था होते हुए उनका उपयोग न करना या गलत तरीक़े से उपयोग करना अपने साथ ही गलत है।

हमारे यहां लोग मान कर चलते हैं कि गंदगी फैलाना हमारा अघोषित अधिकार है और स्वच्छता निर्धारित करना सरकार का कर्तव्य। लोग यह भी आरोप लगाते हैं कि हमसे 'कर' किस बात का वसूल किया जाता है ? सफाई कर्मचारी तनख्वाह किस बात की लेते हैं ?

ऐसे लोग अपनी नाकारा मानसिकता से जग को खरीद लेना चाहते हैं। फिर चाहे उन्हें खुद कितनी ही गंदगी और कठिनाइयों में रहना पड़े, फर्क नहीं पड़ता। हम व्यवस्थाओं और सुविधाओं की मांग का ढोल पीटना जानते हैं, लेकिन उपलब्ध व्यवस्थाओं से ताल-मेल बैठाने में लापरवाह हो जाते हैं। शहरों में स्टील और प्लास्टिक की कचरा पेटियां लगाईं जातीं हैं। लेकिन बहुत सारे लोगों को उसमें कचरा फेंकना जरूरी नहीं लगता। कई बार तो खाली कचरा पेटियों को चोर उखाड़कर भी ले जाते हैं।

लोगों को '**यहां तो ऐसे ही चलता है**' की सोच से ऊपर उठना होगा।

ऐसी मानसिकता बदलनी चाहिए क्योंकि सोच का स्वच्छता से गहरा सम्बन्ध होता है। एक बार हम लोग परदेश में अपनी कार से दूसरे शहर जा रहे थे। रास्ते में, साढ़े तीन साल के बालक को जोर से पेशाब लग गई। रास्ता काफी लंबा और सूना था। कार को एक किनारे रोककर बालक से कहा कि वह रास्ते के किनारे पेशाब कर ले। उसने इंकार कर दिया। बहुत समझाने पर भी नहीं माना। उसका कहना था कि उसकी शिक्षक ने बताया है कि ऐसा करना गलत है। वह तकलीफ में रहा, लेकिन धैर्यपूर्वक जगह आने की प्रतीक्षा करता रहा।

कुलमिलाकर, बच्चों को पढ़ाई लिखाई के पूर्व, नैतिक शिक्षा देना चाहिए। सर्वप्रथम सोच का समीकारण हल करने की आवश्यकता है, स्वच्छता के परिणाम अपने आप आने शुरू हो जाएंगे। स्वच्छता के लिए 'हम सुधरेंगे, युग सुधरेगा' और 'हम बदलेंगे, युग बदलेगा' वाले उद्‌घोष का पालन करना होगा।

11

आँखों के सिवा दुनिया में

'तेरी आँखों के सिवा दुनिया में रखा क्या है, ये उठे सुबह चले, ये झुके शाम ढले, मेरा जीना, मेरा मरना इन्हीं पलकों के तले....।'

इस फ़िल्मी गीत में एक प्रेमी अपनी प्रेमिका की आँखों का दीवाना है। उसे दुनिया में अपनी प्रमिका की आँखों के सिवा कुछ भी दिखाई नहीं देता। यदि हम अपने आसपास देखें तो एक प्रेमी ही क्यों लगभग पूरी दुनिया में आँखों की ही बात हो रही है।

दुनिया की सारी व्यवस्था, सारे आविष्कार आंखों के लिए हो रहे हैं। मोबाइल, लैपटॉप, टीवी और सिनेमा जैसे अनेक मनोरंजन के साधन आंखों के लिए हैं। यहाँ तक कि पार्क, प्रदर्शनियां, रंगों और प्रकाश के आयोजन भी आँखों के लिए होते हैं। जिस द्रुत गति से आंखों की दुनिया में चमक-धमक बढ़ती जा रही है इससे आंखों पर बहुत बुरा असर पड़ रहा है। दुनिया को केवल आंखों से देखा जाना बेहद चिंतनीय है। हमारी आत्मा का प्रकृति से संवाद टूट रहा है। हमें यह जान लेना जरूरी है कि आंखों के सिवा दुनिया में बहुत कुछ रखा है। प्रकृति की खामोशी में छिपे उसके संगीत को सुनें और महसूस करें।

मुश्किल यह है कि आज दुनिया में सुनने की साध लगभग समाप्ति पर है।

आज कोई भी सुनने को तैयार नहीं है। लोग स्वास्थ्य कान के होते हुए, बधिर बने हुए हैं। सुनने वाले केवल शोर को सुनना पसंद करते हैं। जो लोग प्रकृति से प्रेम करते हैं और स्वास्थ्य के प्रति जागरूक हैं, वे भी पूरी तरह चैतन्य जान नहीं पड़ते। प्रातः भ्रमण के दौरान बहुतेरे इयर-फ़ोन लगाए रहते हैं। वे फ़िल्मी गानों, भजनों, प्रवचनों जैसे शोर में घिरे रहते हैं। वे मौन और शांति से घबराते हैं। प्रकृति के निकट होते हुए भी उसके संगीत से अनभिज्ञ और कोसों दूर रहते हैं। प्राकृतिक वातावरण से भरपूर पर्यटन स्थलों पर भ्रमण के दौरान भी लोग आपसी विमर्श, हंसी-मजाक, उछल-कूद और मोबाइल पर सेल्फी लेने में व्यस्त रहते हैं। वे समझते ही नहीं कि प्रकृति भी हम से संवाद करना चाहती है।

दरअसल, हमें अनसुना करने की लत लग गई है।

मैं एक व्यक्ति से मिलने उनके घर गया। वे बालकनी पर खड़े हरियाली को एकटक निहार रहे थे। मैंने उन्हें अभिवादन किया और ठीक उनके पीछे पहुँच गया, किंतु वे मेरे आने की आहट से अनभिज्ञ बुत की तरह खड़े थे। मुझे उनकी तन्मयता भंग करना उचित नहीं लगा और चुपचाप उनके बाजू में खड़ा हो गया। वे तब भी लगातार उस ओर देखते रहे।

शाम का वक्त था। सामने भरपूर हरियाली थी। हरी घास का मैदान, कुछ छोटे बड़े दरख़्त, फूलों से लदे पौधे और अपने घोंसले में लौटते पंछियों की चहक। जहां उनकी नज़र थी, मैं भी उस ओर देखने लगा।

जब समय यों ही बीतने लगा तो उत्सुकतावश मैंने उनकी ओर देखा। उनके चेहरे पर अपूर्व शांति और आनंद झलक रहा था। उनकी आंखों से बहते आंसू की महीन रेखाएं स्पष्ट दिखाई दे रही थी। मैं आश्चर्य से भर उठा। इसके पहले कि मैं कुछ कहता, उन्होंने ही मौन तोड़ा। हरियाली को इंगित करते हुए बोले, "देखो! तुम भी देखो, कुदरत का करिश्मा। कैसी अनोखी छटा बिखरी हुई है।"

मैंने सहमति में स्वर मिलाया, "जी, बहुत खूबसूरत प्राकृतिक वातावरण है।"

वे थोड़ा मुस्कुराए। शायद मेरे रटे रटाए वाक्य से संतुष्ट नहीं थे। बोले, "तुम केवल हरे रंग को देखो, उसकी खूबसूरती को देखो। वहां

कितने तरह के हरे रंग दिखाई दे रहे हैं।"

फिर उन्होंने हरा, हल्का हरा, कुछ ज्यादा हरा और गाढ़ा हरा जैसे दसियों हरे रंगों को गिना दिया। मैं प्रकृति के चमत्कार को देखकर दंग रह गया, इतने सारे हरे रंग! ये सब रंग मेरी आंखों के सामने थे फिर भी मुझे दिखाई नहीं दे रहे थे। मैं उन रंगों में तिरोहित सा होने लगा था। परिचित की आंखों से आनंद के आंसुओं का बहना यों ही नहीं था। प्रकृति का अनुपम उपहार आनंद विभोर कर देने वाला था।

उन्होंने आनंद से भरे मौन में परम शांति को जोड़ा। मुख से 'सू..' की आवाज निकालते हुए अपने होंठों पर अंगुली रखकर मुझे चुप रहने का संकेत दिया। फिर अपने कानों पर हथेलियों को इस तरह लगाया मानो कुछ सुनने की कोशिश कर रहे हों।

उन्होंने मुझसे भी ध्यान से सुनने को कहा। मैंने वही किया। कुछ पल की खामोशी के बाद कानों में प्रकृति का मधुर संगीत महसूस होने लगा। पवन की झप झप सुनाई देने लगी। क्यारियों में उतरते पानी की कल कल मन को तर कर रही थी। पेड़ों के बीच पत्तों ने अपना राग छेड़ दिया था। पंछियों की चहचहाहट का कोरस तरंगायित करने लगा।

मेरी आंखें स्वतः ही मुंद गईं। पूरी तंद्रा प्रकृति की खूबसूरत जुगलबंदी के साथ अंदर उतरने लगी। आनंद हिलोरें लेने लगा। परम शांति ने तनाव के तारों के छोरों को खोल दिया। तनाव शिथिल होकर आराम के सुकून में जा गिरा। बाहर की खूबसूरत प्रकृति, अंदर के अंधकार में दमकने लगी। अब मुझमें और प्रकृति में कोई अंतर न रहा।

मेरा 'मैं' प्रकृति में तिरोहित हो चला था। जीवन के दुःख, चिंताएं, अवसाद और कुंठाएं पिघल रहे थे। आंखों से आनंद के आंसू बह निकले।

प्रकृति बराबर हमसे कुछ कहती है, सुने तो सही।

•

12

खूबसूरत मोड़ देकर छोड़ना अच्छा

दुनिया में सभी तरह के लोग होते हैं।

लोगों की दूसरे को भला बुरा कहने की आदत होती है। अनेक तो बात-बेबात गालियाँ देते हैं। एक सज्जन का पड़ोसी उनके साथ ऐसा ही करता है। चाहे वह अपना दो पहिया वाहन अपने घर के सामने पानी से धो रहे हों या फिर अपनी पत्नी के साथ टहल रहे हों। वह भली बुरी बातें उछालने से नहीं चूकता। जब पति पत्नी प्रसन्न मन से घर से बाहर निकलते हैं, वह खलल डाल देता है। वह ऐसा क्यों करता है वे अभी तक नहीं समझ पाए हैं। अंततोगत्वा उन्होंने उसे मान्यता प्रदान कर दी। वह पड़ोसी अभी भी ऐसा ही करता है किन्तु उन्हें बुरा नहीं लगता। वे अपनी दिनचर्या पर उसकी इन अभद्रता का असर महसूस नहीं करते। मोहल्ले पड़ोस के लोग मान चुके हैं कि वह है ही ऐ। बल्कि अब जब वह शांत रहता है तो मोहल्ला अशांत हो जाता है। सूना-सूना सा लगने लगता है। उसे मान्यता प्रदान करने का असर दिखने लगा है। अब बुराई, बुराई सी नहीं लगती। गाली, गाली सी नहीं लगती। गालियों का असर जाता रहा!

एक युवती, एक पडोसी युवक के साथ भाग गई। कई दिनों से खबरें आ रही थी कि उनका आपस में कोई चक्कर है। दोनों के घरों में भारी विरोध हुआ। युवाओं का यह कृत्य ठीक नहीं। बावजूद इसके उन्होंने

शादी रचा ली। उनके परिवारों के बीच जंग लगी तलवारें तन गयीं। किचिन के छुरे-चाकू चमकाए गए। घर की नल की फिटिंग के बचे अतिरिक्त पाइप उपयोगी बन पड़े। रिपोटा-रपाटी हुई। हो हंगामा हुआ। लेकिन जो होना था, वही हुआ। भागने के कुछ माह बाद, सुगबुगाहट के साथ मामला ठंडा हो गया। विरोध भी मानव साबित हुआ, जो कि थक हार कर निढाल हो जाता है।

युवा जोड़े के माता-पिता ने उन्हें इस शादी की मान्यता प्रदान कर दी। उनका अपने घर आना-जाना शुरू हो गया, बल्कि अब वे घर में ही रहते हैं। आस-पड़ोस उनकी जोड़ी की तारीफ करने लगा है- क्या अच्छी जोड़ी है। पड़ोसी को ढूंढने से भी ऐसा कमाऊ दामाद नहीं मिलता। वह तो लड़की समझदार थी जो ऐसा लड़का फांसा। बुराई को मान्यता मिल जाए तो वह अच्छाई से बेहतर हो जाती है।

शहरी विकास के नाम पर जहां-तहां रास्तों पर गड्ढे खुदे पड़े हैं।

जनता इन राहों पर बिना कोई विरोध जताए चल लेती है। अब वह प्रश्न नहीं रहा, नगरीय विकास या विकास गड्ढों का। शहर की जनता मान बैठी है कि विकास के लिए इन गड्ढों से गुजर जाना ही होगा। किसी मसखरे ने चुटकी लेते हुए कहा कि क्यों न अपने शहर को विकास की राह पर गड्ढों के शहर की मान्यता प्रदान कर दी जाए। इस बुराई को दर्शनीय बना दिया जाए। पर्यटकों को आकर्षित करें। स्थानीय प्रशासन को अपना नजरिया बदलते हुए इस ओर ध्यान देना चाहिए। बतर्ज एक फ़िल्मी गीत 'वो अफ़साना जिसे अंजाम तक लाना ना हो मुमकिन, उसे एक खूबसूरत मोड़ देकर छोड़ना अच्छा'। जब समस्याएं समाधान की ओर ना पहुंचे तो समस्याओं को महिमामंडित कर दिया जाए।

हमारे एक सज्जन भारी कष्ट झेल रहे थे। उन्होंने अपने गुरु जी के द्वारा बताएं सारे हथकंडे अपना लिए, लेकिन सुख पास ना फटका। समाधान शून्य बटे सन्नाटा ही रहा। वह निराशमना गुरुजी के शरण में पहुंचे। जब गुरुजी को भी कोई उपाय न सूझा तो उन्होंने घुट्टी पिलाई, 'वत्स निश्चिंत हो जा। दुख ही जीवन है। सुख तो आता जाता रहता है। दुख एकमात्र शाश्वत आकाश की तरह है। सुख तो भटकता बादल है। वे लौट पड़े। उनके दुख को मान्यता मिल गई। अब उनका दुख, दुख नहीं

रहा।

सुना है कोई बाबा पगला गया। पत्थर मारने लगा। उसके श्रद्धालु घायल होने लगे। बाबा के पिछलग्गुओं को खतरा लगा। यदि बाबा को पागलखाने भेज दिया गया तो उनके तो खाने के लाले पड़ जाएंगे। उनका जीविकोपार्जन खतरे में पड़ जाएगा। उन्होंने प्रचारित कर दिया। जिन भक्तों को पत्थर लगता है वह इस भवसागर से तर जाएगा। उसका जीवन धन्य हो जाएगा। अब भक्तगण बाबाजी के सामने खड़े होकर प्रतीक्षा करते हैं कि बाबा पत्थर मारे और वे धन्य हो जाएं। बाबा के द्वारा पत्थर मांरे जाने को मान्यता मिल गई।

आज भी बहुतेरे दकियानूसी विचारधारा के लोग लिव इन रिलेशन को बुराई कहते हैं।

कोर्ट ने फैसला दिया था कि शादी पूर्व सेक्स में बुराई नहीं है। और लिव इन रिलेशनशिप को मान्यता मिल गई है। लिव इन रिलेशन की जो बुराई केवल बड़ी-बड़ी सेलिब्रिटी सेलिब्रेट कर रही थी अब वह आम हो गई है। समाचारों के माध्यम से जो युवा पीढ़ी ऐसे समाचारों को चटखारे लेकर अपने आप को कोस रही थी, राहत महसूस करने लगी है। दबदबा बनाकर कई कई रिलेशन एंजॉय करने वाले गुंडे अब सीनियर हो गए। उन्हें लिव इन रिलेशनशिप संस्कृति का अग्रदूत माना जाना चाहिए।

अब तो ऐसे कोचिंग सेंटर भी खुल जाना चाहिए जो लिव इन रिलेशनशिप को शादी में कैसे कन्वर्ट किया जाए इसकी पूरी शिक्षा दें। हालांकि ऐसे रिलेशन को शादी में कन्वर्ट होने की गारंटी कम है क्योंकि कोचिंग लेकर असफल रहने में अगले पार्टनर से लिव-इन रिलेशन बनाए जाने की गुंजाइश बनी रहती है।

बहरहाल, हम पति-पत्नी पिछले चालीस वर्षों से शादीशुदा हैं और एक दूसरे के साथ लिव-इन कर रहे हैं।

हमारे रिलेशन बनते-बिगड़ते रहते हैं। तू तू मैं मैं लगी रहती है। हालांकि यह एक बुराई है लेकिन गृहस्थ जीवन में मान्यता प्राप्त है। पति पत्नी में ऐसा होता है। कई बार मन बनाया कि अब साथ-साथ ना रह सकेंगे। किंतु अगले ही पल बच्चों और परिवार की अदृश्य डोर और मजबूत हो जाती है। ऐसे रिलेशन में यही तो प्यार है। यही समर्पण है।

यही एक दूसरे का संबल है। यहां एक दूसरे का दर्द महसूस होता है। एक दूसरे के बगैर जी लेने की कल्पना मात्र से डर जाते हैं। हमें इसके लिए लिव इन रिलेशनशिप जरूरी ना था।

13

उठने के लिए गिरने का अभ्यास

उठने के लिए गिरना जरूरी है। यह बात ज़रा उलटी-सी जान पड़ती है। जब उठना ही है तो फिर गिरा क्यों जाए?

कुछ दिनों पहले दफ़्तर में काम करते हुए एक परिचित गिर पड़े। शाम को छुट्टी होने का समय था, लेकिन लोगों की नज़र पड़ी कि वे अपने कक्ष के फर्श पर पड़े हैं। उनकी कुर्सी भी लुढ़की पड़ी थी! जाहिर है, वहां मौजूद लोगों को आश्चर्य हुआ, क्योंकि सबको यही लग रहा था कि वे इतने बीमार तो नहीं थे कि अचानक ऐसी हालत हो जाती। आसपास बैठने के नाते उनके सहकर्मियों को उनके स्वास्थ्य के बारे में मोटी-मोटी जानकारी थी।

बहरहाल, लोग फ़ौरन दौड़े और उन्हें होश में लाने की कोशिश की गई। चेहरे पर पानी छिड़का गया तब होश आया। सहकर्मी उन्हें अस्पताल ले जाना चाहते थे, लेकिन उन्होंने मना कर दिया। उन्होंने बताया कि चिंता की कोई बात नहीं है, बस वे कई दिनों से ठीक से सोए नहीं हैं। उन्हें नीद नहीं आती। बहुत प्रयास करने के बाद भी रात भर जागते रहते हैं। शायद वे अनिंद्रा के शिकार थे।

दरअसल, इन दिनों बहुत सारे लोग अनिंद्रा की बीमारी से ग्रस्त हैं।

अनिंद्रा की बीमारी ने महानगरों को अपनी चपेट में ले रखा है। अब तो गावों में भी यह बीमारी पैर पसार रही है। चिकित्सक मानते हैं कि आधुनिक जीवन शैली इसका मूल कारण है। असमय खान-पान, देर-सवेर बिस्तर पर जाना, नशे का सेवन, जीवकोपार्जन के लिए आधारभूत आवश्यकता से अधिक कमाने की होड़ और व्यर्थ की चिंताएं शहरी जीवन शैली में रच-बस गईं हैं।

ये सब बातें अलग-अलग होते हुए एक-दूसरे में गुथीं हुईं हैं। इसलिए इन सब से बचने का कोई उपाय भी नज़र नहीं आता। भलाई इसी में है कि संकल्पित होकर आवश्यकताओं को कम किया जाए। बेतरतीब दिनचर्या में समुचित सुधार लाने की कोशिश की जानी चाहिए।

पर्यावरण प्रदूषण भी अनिंद्रा का दूसरा सबसे बड़ा कारण है। शहरी हवाओं में पेट्रोल-डीजल की गंध और कीचड़ से बजबजाते नालों की बदबू तैरती रहती है। महानगरों में रोजमर्रा के उपयोग से एकत्रित गीले और सूखे कचरे को आबादी से दूर 'डंपिंग-एरिया' में संग्रहित किया जाता है। न केवल महानगर बल्कि छोटे-छोटे शहरों का भी तेज़ी से विकास हो रहा है। इसकी वजह से डंपिंग-क्षेत्र के आसपास रिहाइशी कॉलोनियां बस गईं हैं। इन कॉलोनियों में बदबूदार हवा की समस्या अधिक है। बढ़ते वाहनों के उपयोग से भी वायु बुरी तरह प्रदूषित हो रही है।

इसके अलावा, ध्वनि विस्तारक यंत्रों और बिजली के उपकरणों के शोर को अनदेखा नहीं किया जा सकता। इनसे वातावरण में एक अजीब सी झनझनाहट बनी रहती है। इस झनझनाहट का अंदाज़ा उस समय सहज ही लगाया जा सकता है जब क्षेत्र की बिजली कुछ देर के लिए गुल हो जाती है। एक सुकून भरा सन्नाटा हमारे चारों ओर पसर जाता है। पक्षियों की आवाज़ें सुनाई पड़ने लगतीं हैं। हवा के बहने की सरसराहट महसूस होने लगती है। यहां तक कि बहुत थका हुआ व्यक्ति पास बैठा हो तो उसकी धड़कनें तक सुनाई दे जाती हैं।

बिजली-उपकरणों के इस्तेमाल में मितव्ययिता के जैसी समझदारी होनी चाहिए।

बहरहाल, अनिद्रा से परेशान होकर उस परिचित ने डॉक्टर को दिखाने का विचार किया। उनसे बात करने और कुछ जांच उपक्रम

निपटाने के बाद डॉक्टर ने समझाया कि वे चिंता न करे, क्योंकि उन्हें कोई बीमारी नहीं है। जहां तक नींद नहीं आने की बात है तो उन्हें ऐसा सोचना ही नहीं चाहिए कि नींद नहीं आ रही है। ऐसा सोचने से नींद और दूर भाग जाती है। हम बार-बार करवट बदलते हैं और अपने आप पर झल्लाते हैं। अपने आप को नींद के सामने असहाय-सा महसूस करते हैं। नींद के लिए तो बस नींद में गिर जाना होता है।

डॉक्टर की बात सुनकर परिचित चौंके। आखिर नींद में गिरना कैसे संभव है!

जब कोई व्यक्ति किसी से अचानक टकराकर गिर जाता है, तब लोग मज़ाक में ताना कसते हैं, "भैया... नींद में हो क्या? देखकर चलो!"

परिचित की आश्चर्य मिश्रित चुप्पी देख कर डॉक्टर ने मुस्कुराते हुए समझाया, "देखिए, जैसे प्यार करने के बारे में आदमी को सोचना नहीं पड़ता, बस वह प्यार में पड़ जाता है। ऐसा मानो, वह प्यार में गिर जाता है। इसलिए सोचिए मत, बस नींद में गिर जाएं। खुश रहें।" डॉक्टर की चिंतनपरक बातों से अच्छा लगा। परिचित संतुष्ट लौट गए।

तर्क का चिंतन यह कहता है कि जो गिरते हैं वही उठने का साहस जुटा सकते हैं। बिना गिरे उठना संभव नहीं है। उठने के लिए 'गिरना' पहली और जरूरी शर्त है। इसलिए जो उठना चाहते हैं उन्हें पहले गिरने का अभ्यास करना चाहिए।

बहरहाल, गिरने का अपना ही मज़ा है।

'बरेली के बाज़ार में झुमका' गिर जाए तो मामला 'सैंया' तक पहुँच जाता है। भरे बाज़ार में खूबसूरत युवती गिर जाए तो मोहल्ले के गुंडे भी सज्जनता दिखाते हुए उसे उठाने दौड़ जाते हैं। हालांकि गिरना प्रकृति का नियम भी है।

14

सुबह का भूला

सुबह का भूला शाम को घर आ जाए तो उसे भूला नहीं कहते।

यह कहावत उन लोगों पर लागू होती है जो राह से भटक जाते हैं और फिर सही रास्ते पर आ जाते हैं।

भूलना एक मानवीय स्वभाव है।

लोग सुबह के कितने ही क्रिया-कलाप शाम तक भूल जाते हैं। अगर आवश्यकता न हो तो इन्हें दोबारा याद करने की जरूरत नहीं पड़ती। वहीं ऐसा भी होता है जब चीज़ें याद आनी चाहिए, तब याद नहीं आती। लाख उलट-पुलट होने के बाद भी स्मरण में लाना संभव नहीं होता, तब मन निराशा से भर जाता है। हालांकि, प्रत्येक शरीर में स्मरण और विस्मरण की अपनी व्यवस्था होती है।

हर एक शरीर की स्मरण क्षमता भिन्न होती है।

कई बार स्मरण क्षमता समान होते हुए भी इस मामले में भिन्न हो सकती है कि वह चीज़ों को किस रूप में संचित रख सकती है। किसी को अंक आसानी से याद हो जाते हैं, किसी को शब्दशः कही गई बातें याद रह जाती हैं और किसी की स्मृतिपटल पर दृश्य सदा के लिए छप जाते हैं। दृश्यों की स्मृति को लेकर 'दृश्यम' नामक अच्छी फिल्म बनी है। पुराने दृश्य सहज ही दोबारा स्मृति में कौंध जाते हैं। इनकी वापसी आसान होती है।

सही समय पर आवश्यक बातें याद आ जाएं तो निर्णय आसान हो जाते हैं।

मस्तिष्क में संचित बातों के क्रमचय-संचय से ही एक सही निर्णय लेने में मदद मिलती है। कहा भी गया है, बिना सोचे कोई भी निर्णय ठीक नहीं होता। कई बार ऐसे निर्णय घातक हो सकते हैं। सवाल यह है कि ये बातें हमारे दिमाग में आती कहाँ से हैं और ये कितनी तादाद में हैं? अमूमन हमने जो देखा-सुना या जो हमें सिखाया जाता है, वही दृश्य और बातें हमारे मन-मस्तिष्क के किसी कोने में संचित होते रहते हैं। अगर निर्णायक मोड़ पर कुछ देर के लिए शांत बैठकर सोचें तो संचित बातें निकलकर सामने आना शुरू हो जाती हैं। मज़े की बात यह है कि हमारा मस्तिष्क न केवल आज की निर्णायक स्थिति से मिलती-जुलती अच्छी-बुरी संचित बातों और दृश्यों को ही सामने रख देता है, बल्कि तात्कालिक परिस्थितियों में लिए गए निर्णय के परिणाम क्या हुए हैं, यह भी मस्तिष्क चेता देता है।

जीवन के खट्टे-मीठे अनुभव और संस्कार व्यक्ति के मस्तिष्क को निर्णय लेने के योग्य बनाते हैं।

वैसे दुनिया में कुछ भी सही या गलत नहीं होता है। दुनिया सही और गलत से मिलकर बनी है। कोई बात जो हमारे लिए सही जान पड़ती है, दूसरे के लिए गलत हो सकती है, या फिर इसके उलट भी हो सकता है। जीवन के अनुभव पैदा होने के बाद से जीवन पर्यंत इकट्ठे होते रहते हैं, जबकि संस्कार व्यक्ति के यौवन अवस्था आने तक संचित होते हैं।

समय, पर्यावरण और भूमि के अनुसार निर्धारित जीवनचर्या और रहन-सहन से संस्कार बनते हैं। इनसे इतर व्यवहार न केवल समाज के लिए बल्कि स्वयं के लिए भी नुकसानदेह होते हैं। बाल बुद्धि अपने विकास के दौर में संस्कार संजोते हुए परिपक्व होती है।

एक परिचित की बेटी परदेस में अकेली रहती है। वह अध्यापन कर रही है। एक दिन खबर आई कि सप्ताहांत पर घूमने जाते समय उसका स्कूटर बर्फ़ पर फिसल गया। अँधेरा था, रास्ते पर बर्फ की पतली परत जम गई थी जो उसे समझ नहीं आई। फिसलन के कारण स्कूटर अनियंतत्रित हो गया। चोट गहरी आई। चार सप्ताह चिकित्सीय देख-

रेख में रहना पड़ा, तब जाकर तकलीफ कुछ कम हुई।

ऐसा नहीं है कि उसने ग़लत निर्णय लिया होगा, लेकिन नया देश, नया पर्यावरण, नया परिवेश, नए तरह के वाहन और ऊपर से रात्रि में आने-जाने के लिए अतिरिक्त सावधानी और परिपक्वता की आवश्यकता होती है। उस जगह परिचित या फिर अभिभावकों के दिशानिर्देशन में शायद ऐसी दुर्घटना टाली जा सकती थी।

बच्चे जब अकेले रहते हैं, तब उन्हें दोगुनी ज़िम्मेदारी उठाना होती है। उन्हें खुद अपना अभिभावक बनना पड़ता है। अच्छे-बुरे का निर्धारण और सुरक्षा के लिए अहतियाती निर्णय खुद लेने पड़ते हैं। ऐसे समय में बच्चों को दी गई जीवन-मूल्यों की शिक्षा बहुत महत्वपूर्ण भूमिका अदा करते हैं। अच्छे-बुरे, सही-गलत, समय-बेसमय की पहचान वही शिक्षा देती है और वही हमें सुरक्षित सफलतापूर्वक अभीष्ट तक पहुंचाते हैं।

यों तो वक्त के थपेड़े बहुत कुछ सिखाते चलते हैं। विपरीत परिस्थितियों में हमारा लड़ना, संभालना और फिर आगे की ओर बढ़ चलना इस बात पर निर्भर करता है कि बचपन से लेकर युवावस्था तक हमें शिक्षित कैसे किया गया है।

कुलमिलाकर, हम जिन जीवन-मूल्यों से शिक्षित होते हैं, वही हमारा व्यक्तित्व गढ़ते हैं। वे अंतस में बैठे डांटते-फटकारते हैं और एक सही निर्णय लेने में मदद करते हैं। ऐसा व्यक्ति सुबह भूल भी जाए तो शाम को सुरक्षित घर लौट आता है, क्योंकि भूलना मानवीय स्वभाव है और कठिन परिस्थितियों में सही निर्णय लेना परिपक्व व्यक्ति की पहचान हैं।

15

संदेशों की दुनिया

ये संदेशों का दौर है।

मोबाइल संस्कृति से संदेशों की आंधी चल पड़ी है। रोज, चौबीसों घंटे, हर पल करोड़ों-अरबों संदेश वातावरण में घूम रहे हैं। मगर इतने-इतने संदेशों के बावजूद संप्रेषण प्रभावहीन दिखाई देते हैं। इतने पर तो अब तक कोई क्रांति हो जानी चाहिए थी। मगर लोगों में आपसी समझबूझ का अभाव बना हुआ है। हालांकि त्रुटिपूर्ण और उत्तेजक संदेशों के ग़लत परिणाम जरुर सामने आते हैं। बावजूद इसके, बहुतायत संदेश बिना कोई संदेश दिए, बस घूमते हैं। मोबाइल का डाटा डकारते है। लोगों का समय खोटी करते हैं। आँखों की रौशनी ठगते हैं और स्वास्थ्य चट कर जाते हैं!

कुछ संदेश जान-बूझकर केवल बवाल पैदा करने के लिए ही गढ़े जाते हैं। ये संदेश बीमार मानसिकता से ग्रस्त लोगों द्वारा गढ़े जाते हैं और कमज़ोर मानसिकता के लोगों के विरुद्ध आज़माए जाते हैं। ऐसे बहुतायत संदेश पढ़े ही नहीं जाते। बस इधर से उधर धकेले जाते हैं।

विगत दिनों एक मित्र को एक बहुत लंबा व्हाट्स एप संदेश मिला। इसके कई वाक्यों और शब्दों को ध्यानाकर्षण हेतु गाढ़ा किया गया था।

संदेश कुछ इस प्रकार था-

'सभी से अनुरोध है कि एक बार इसे पढ़ियेगा अवश्य। काफी समय के बाद किसी ने बेहद सुंदर आर्टिकल भेजा है। नींव ही कमजोर पड़ रही

है गृहस्थी की..!! आज हर दिन किसी न किसी का घर खराब हो रहा है। इसके मूल कारणों पर कोई नहीं जा रहा है, जो कि इस प्रकार हैं -

'पीहरवालों की अनावश्यक दखलंदाज़ी, संस्कार विहीन शिक्षा, आपसी तालमेल का अभाव, ज़ुबानदराज़ी, सहनशक्ति की कमी, आधुनिकता का आडम्बर, समाज का भय न होना, घमंड झूठे ज्ञान का, अपनों से अधिक गैरों की राय, परिवार से कटना, घण्टों मोबाइल पर चिपके रहना, घर गृहस्थी की तरफ ध्यान न देना और अहंकार के वशीभूत होना।

पहले भी तो परिवार होता था, और वो भी बड़ा लेकिन वर्षों रिश्ते निभाए जाते थे! भय था, प्रेम था और रिश्तों की मर्यादित जवाबदेही भी। पहले माँ बाप ये कहते थे कि मेरी बेटी गृह कार्य में दक्ष है, और अब कहते हैं कि मेरी बेटी नाजों से पली है। आज तक हमने तिनका भी नहीं उठवाया। तो फिर करेगी क्या शादी के बाद?

शिक्षा के घमंड में बेटी को आदर भाव, अच्छी बातें, घर के कामकाज सिखाना और परिवार चलाने के संस्कार नहीं देते। माताएं खुद की रसोई से ज्यादा बेटी के घर में क्या बना, इस पर ध्यान देती हैं।

इन दिनों, सबसे ज्यादा महिलाओं में बदलाव आया है। दिन भर मनोरंजन, मोबाईल, स्कूटी..कार पर घूमना फिरना, समय बचे तो बाज़ार जाकर शॉपिंग करना और ब्यूटी पार्लर। उनके पास भोजन बनाने या परिवार के लिये समय नहीं है। आधुनिकता तो होटलबाजी में है। बेचारे बुज़ुर्ग तो हैं ही घर में बतौर चौकीदार।

पहले शादी ब्याह में महिलाएं गृहकार्य में हाथ बंटाने जाती थीं। अब वे नृत्य सीखती हैं।

जिस महिला की घर के काम में तबियत खराब रहती है वो भी घंटों नाच सकती है।

घूँघट और साड़ी हटना तो चलो ठीक है, लेकिन बदन दिखाऊ कपड़े ? बड़े छोटे की शर्म या डर रहा क्या ?

माँ बाप बच्ची को शिक्षा तो बहुत दे रहे हैं, लेकिन उस शिक्षा के पीछे की सोच? ये सोच नहीं है कि परिवार को शिक्षित करें। बल्कि दिमाग में ये है कि कहीं तलाक-वलाक हो जाये तो अपने पाँव पर खड़ी हो जाये, ख़ुद

कमा खा ले।

जब ऐसी अनिष्ट सोच और आशंका पहले ही दिमाग में हो तो रिज़ल्ट तो वही आएगा।

पढ़े-लिखे युवक-युवतियाँ तलाकनामा तो जेब में लेकर घूमते हैं। स्त्री का चुप रहना कमज़ोरी समझा जाता है। उन्हें हम किसी से कम नहीं वाली सोच जो विरासत में मिली है। झुक गये तो माँ बाप की इज्जत चली जायेगी।

आज समाज, सरकार व सभी चैनल केवल महिलाओं के हित की बात करते हैं। पुरुष तो मानो अत्याचारी और नरभक्षी हैं। बेटा भी तो पुरुष ही है। एक अच्छा पति भी तो पुरुष ही है। जो खुद सुबह से शाम तक दौड़ता है, परिवार की खुशहाली के लिये। स्त्री को सारी आज़ादी चाहिए। सभी इस कड़वे सत्य से सतर्क हो जाएं।'

मित्र को यह संदेश उनके नए रिश्तेदार ने भेजा था।

हाल ही में उनके बेटे का विवाह मित्र की बेटी से हुआ था। यह संदेश पढ़कर मित्र को ठीक नहीं लगा। अतः उन्होंने प्रतिउत्तर में संदेश लिखा -

'यह लेख पुरुषोचित मानसिकता से लिखा गया है। यह लेख केवल नेगेटिविटी रेखांकित करता है। पुरुष अभी तक स्त्री विरोधी मानसिकता से उबर नहीं पाया है। यह लेख भी ऐसे ही पुरुष द्वारा लिखा गया है। शास्त्रों के अनुसार कलयुग का अंत और सतयुग का आगमन स्त्री के द्वारा होना है, इसलिए पुरुषों की छटपटाहट समझी जा सकती है। बदलाव को स्वीकार करना ही होगा, क्योंकि समय सतत् है। वह बदलेगा ही। सावधान रहें। नारी का सम्मान होना चाहिए। उसे सशक्त बनाएं।'

यह जवाब पढ़ कर रिश्तेदार और उनके बीच अनबन हो गई। वस्तुस्थिति यह थी कि उनके रिश्तेदार को उक्त संदेश कहीं से प्राप्त हुआ था, जिसे पढ़े बिना उन्होंने मित्र को भेज दिया था। इसलिए संदेश भेजने में सतर्कता ज़रूरी है।

आप संदेश किसे भेज रहे हैं और क्यों? यह भी सोचें।

16

डर की तस्वीर, जीत का संदेश

कोरोना की तीसरी लहर सामने है। वर्ष अपने पीछे अवसाद, अभाव, हताशा और अपनों से बिछड़ने के दुःख भरे निशान छोड़ गया है।

वैश्विक महामारी कोरोना की दूसरी लहर ने न जाने कितने लोगों को असमय लील लिया। अपनों को खो देने से उपजे हतोत्साहन का परिणाम यह हुआ कि अनेक लोगों का जीवनबोध मृत्युबोध में बदल गया है। लहरें कितनी भी तूफानी हों, एक कुशल तैराक इनकी भयावहता को समझे बिना तैरकर बच निकलने के तरीक़े और सामर्थ्य नहीं जुटा सकता। दूसरी लहर की कड़वी यादों और भयावह तस्वीरों को याद करके ही तीसरी लहर पर विजय का ताना-बाना बुना जा सकता है।

मेरा मित्र अपनी मां के साथ सपरिवार शहर में रहता है।

मित्र की मां गांव के पैतृक घर जरूरी देखभाल के लिए गईं हुईं थीं। इसी बीच कोरोना की दूसरी लहर ने जोर पकड़ लिया। वे वहां फंस गईं। इधर मित्र का पूरा परिवार कोरोना संक्रमित हो गया। परिवार के तीनों सदस्य वह स्वयं, उसकी पत्नी और सोलह वर्षीय बेटे को इलाज़ के लिए शहर के तीन अलग-अलग अस्पतालों में भर्ती होना पड़ा। उनके बीच मोबाइल ही एकमात्र संपर्क का साधन था।

उधर गांव के घर में सीमित साधन थे जो कि धीरे-धीरे समाप्त हो रहे थे, इसलिए मां की चिंता बढ़ रही थी। संपर्क के लिए उनके पास भी मोबाइल ही था लेकिन गांव में मदद के लिए कोई नहीं था। जो थे वह भी संक्रमण के भय से नहीं पहुँच पा रहे थे। मित्र अपनी मां से लगातार फोन पर बात करता और हिदायत देता रहा कि वह घर में सुरक्षित रहे, बाहर न निकले। जो उपलब्ध राशन-पानी है उसी में काम चलाने की कोशिश करे।

मित्र के परिवार को स्वस्थ होने में समय लग गया और इसी बीच शहर में ही रहने वाली उसकी इकलौती बहिन के पति का कोरोना संक्रमण से निधन हो गया। ऐसी विकट स्थिति में वह अपनी मां को शहर नहीं ला सका। कोरोना की लहर का प्रकोप जब कम हुआ तो मां को वापस लाया, लेकिन तब तक वे अवसाद में जा चुकी थीं। एक बिंदास स्वाभाव की महिला अब चुप-चुप सी रहने लगी थीं। उनकी स्मरण शक्ति गड़बड़ा गई थी। अकेलेपन का दंश, मुसीबत में अपनों से नहीं मिल पाने की हताशा और बेटी के विधवा हो जाने का दुःख वे सह नहीं सकीं।

संकट की इस घड़ी में अनेक चिकित्सकों ने सेवा करते हुए अपनी आहुति दे दी, लेकिन इस बात से भी इंकार नहीं किया जा सकता कि कई अस्पतालों ने जन-सेवा के नाम पर केवल पैसों की उगाही की है। संक्रमितों को असुविधाओं के कमरों में बंद कर दिया था। उनके परिजनों का मानसिक और वित्तीय शोषण किया।

मेरे एक और साथी के रिश्तेदार संक्रमित हुए और उन्हें भर्ती करना पड़ा। अस्पताल की असुविधाओं से परेशान होकर उन्होंने अपने परिजनों को अनेक बार फ़ोन किया कि उन्हें वहां से निकाल लिया जाए। वह वहां नहीं रह सकते। असुविधाओं के चलते वह कहीं मर ही न जाएं, लेकिन उसके परिजनों को नहीं मिलने दिया गया। रिश्तेदार की मृत्यु हो गई। मृत देह के दर्शन और उसे निकालने देने के लिए बिल भुगतान के नाम पर मोटी रकम वसूली गई जिससे उनकी जमा पूँजी समाप्त हो गई। मरी हुई संवेदनाओं के चलते उनका परिवार दोहरे झटके से बुरी हालत में पहुँच गया।

यदि ठीक से देख पाएं तो हताशा और दुःख की अनेक तस्वीरें सामने दिखाई देती हैं। अराजक अव्यवास्थों का मंज़र, मेरे मित्र के आंसुओं को आज भी नहीं सूखने देता। उसी दौरान उसके पिता की अस्पताल में सामान्य मौत हुई थी लेकिन अंतिम संस्कार के लिए न लोग मिले, न मरघट में जगह और न दाह-संस्कार के लिए लकड़ियाँ। देर रात, मरघट के आस-पास फैले मैदान से उसके सहयोगियों ने छोटी-छोटी लकड़ियाँ, झाड़ियाँ और सूखा गोबर बीनकर अग्नि दी थी।

दूसरी लहर में कितने ही आशियाने उजड़ गए। मैं एक ऐसे घर को जानता हूँ जिसमें ताला लगा तो आज तक नहीं खुला। उस घर के सदस्य बारी-बारी से इलाज हेतु भर्ती होते रहे और लौटे नहीं। उस परिवार के वारिस विदेश में फंसे हुए थे। देश में अनेक बच्चे अनाथ हो गए हैं। घर में कोई भी बड़ा या ज़िम्मेदार सदस्य नहीं बचा है। जीवकोपार्जन की समस्या खड़ी हो गई है।

ऐसी कठिन परिस्थितियों में भी कितने ही लोगों ने जीवटता के साथ कोरोना से जंग जीतकर उम्मीद क़ायम रखी थी। परिस्थितियां कितनी ही भयावह क्यों न हो, 'डर के आगे जीत है' का मंत्र सदा याद रखना चाहिए।

हमें सजग और सचेत रहने की जरूरत है। यदि हम ऐसा कर सके तो बीते समय की चीत्कार आने वाले समय में चमत्कार बनकर उभरेगी और आपदा में अवसर तलाशती सृजनात्मकता मानव जाति को कोरोनाई संहार जैसी आपदाओं से बचा कर ले जाएगी।

17

तारीखों में ज़िंदगी का हिसाब

मात-पिता आदर्श होते हैं और उनकी यादें सर्वदा मार्गदर्शन करतीं हैं।

मेरे मित्र के पिता जीवन के अंतिम पड़ाव पर सख्त बीमार थे। वे अस्पताल में भर्ती थे। एक सुबह जब वह अपने पिता से मिलने पहुंचा तब वह बिस्तर पर बैठे स्वस्थ लग रहे थे और कुछ नोट गिन रहे थे। भर्ती के समय कुछ पैसे उनके पास वक्त-मौके के लिए रख छोड़े थे। उसके पिता ने स्वयं बताया कि अब वह ठीक महसूस कर रहे हैं, इसलिए वह चिंता न करे। उन्होंने मित्र से दिन और तारीख पूछी। मित्र ने बताया कि आज महीने का आखिरी दिन है। कल से दूसरा महीना लग जाएगा।

मित्र की बातें सुनकर उसके पिता ने समझाया कि इस महीने दो दिन दूधवाला नहीं आया था और वे कैलेण्डर में 'क्रॉस' लगना भूल गए हैं। दूध का हिसाब करते समय इस बात को ध्यान रखना होगा। अखबार नियमित आया है लेकिन एक हफ्ते पेपर-वाला कोई दीगर सस्ता वाला अखबार डालता रहा है। उन्होंने कैलेण्डर में मार्क कर रखा है। पेपर वाले का हिसाब भी बराबर से देख लेना। रोजमर्रा के घरु खर्च का हिसाब-किताब उसके पिता ही रखा करते थे। बाकायदा तारीखवार कैलेण्डर में दर्ज कर देते थे।

उसी शाम जब मित्र दफ्तर में था तभी फोन पहुंचा कि उसके पिता की तबियत अचानक बिगड़ गई और उनका देहावसान हो गया है। जीवन के अंतिम समय में मित्र के पिता उसे खर्चे में मितव्ययिता का सलीका सिखा गए।

यों कि एक व्यक्ति की जिंदगी दिन, महीने और साल का हिसाब होती है।

हमारी पूरी जिंदगी का हिसाब तारीखों में बंटा हुआ है। हम कब पैदा हुए, हम कितने साल के हो गए, कब शादी हुई और शादी के कितने बरस बीत गए हैं। यहाँ तक कि हम तारीखों के छोटे-छोटे काल खण्डों में विचरते हैं। किस तारीख को इस शहर में होंगे और कब दूसरे में। मानो पूरी जिंदगी, घर के किसी कमरे की अदना सी कील पर टंगे कैलेण्डरों का समूह मात्र है। जिंदगी दीवाल पर टिक-टिक करती घड़ी के काँटों पर संतुलन बनाती बढ़ती जाती है। संतुलन बनाकर टिके रहने की सारी कोशिश सार्थकता से चूक जाए तो जिंदगी व्यर्थ हो जाती है।

मेरे एक और मित्र के पिता लगभग एक बरस कैंसर से जूझते रहे।

उन्हें जब कैंसर का पता चला तब वे उसके पास आए हुए थे। वे पढ़ने के शौक़ीन थे। सेवानिवृत्ति के बाद से किताबें ही उनकी साथी थीं। अक्सर उनके सिरहाने एक दो किताबें रखीं रहतीं थीं। मित्र ने बताया, उसके पिता के देहावसान के बाद उनकी बातें और यादें घनीभूत हो उठीं थीं। घर की एक-एक चीज में वे रचे-बसे दिखाई पड़ते थे। वे जहां बैठते और सोते थे वहां उसकी नज़रें अपने पिता को ही महसूस करती थीं।

घर की साफ़-सफाई के दौरान, उनके बिस्तर के गद्दे के नीचे उसे एक किताब मिली जिसका शीर्षक था – मृत्यु के बाद क्या ? इस आध्यात्मिक किताब में मृत्यु उपरांत आत्मा के निर्वाण की बातें थीं। कैंसर से संघर्ष के दौरान, लगभग एक बरस उन्होंने अपना जीवन आत्म-चिंतन और सार्थक-मंथन में व्यतीत किया। उनके रहते हुए इस बात का अहसास मित्र को कभी नहीं हुआ था।

बीमारी के दौरान उसके पिता की मानसिक उथल-पुथल, उनका अपनत्व, परिवार के प्रति जिम्मेदारी व निष्ठा का अहसास शायद ही हो पाता, यदि उनके सिरहाने से वह डायरी नहीं मिली होती। उन्होंने

तारीखवार अपनी तबीयत के उतार-चढ़ाव को डायरी में दर्ज किया था- आज पेट में हल्का दर्द था इसलिए खाने की इच्छा नहीं हुई आदि आदि। उन्होंने यह भी लिखा था कि उनकी बिगड़ती तबीयत के कारण उनका बेटा कितना असहाय महसूस करता तथा परेशान होता रहा। डायरी के कुछ पन्नों को पढ़कर वह बहुत रोया। 'इंपॉर्टेंट मार्क' के नीचे बैंक के बचत खातों का विवरण दर्ज था। निकटस्थ रिश्तेदारों और मित्रों का नाम, पत्राचार का पता और फोन नंबर दर्ज थे। जैसे वह जानते थे कि उनके बच्चे आधुनिक जीवन शैली के चलते रोजमर्रा की आपाधापी में व्यस्त रहते हैं और उनके बाद यह सब जरूरी होगा।

अमूमन, कठिन परिस्थितियों में जिंदगी का संतुलन बनाए रखना कठिन होता है।

कोरोना जैसी वैश्विक महामारी के दौरान तो यह और भी कठिन प्रतीत होता है। ईमानदार और सार्थक जिंदगी के निर्वहन से चूकने की पूरी आशंका रहती है। हताशा में यह जिंदगी, जीने की कोशिश मात्र जान पड़ती है। जिंदगी का एक-एक पल शनैः-शनैः साठवें पल तक मुश्किल से गुजरता है। ऐसा लगता है मानो हम दिन के शून्य-घंटे से चौबीसवें घंटे तक और पहली तारीख से तीस-इकतीस तारीख तक बस जीने की कोशिश कर रहे हैं। प्रथम माह से शुरू होकर बारहवें माह तक साल दर साल हमारी कोशिशें जारी रहती हैं और समय चुटकियों में छूमंतर हो जाता है।

जीने की यह कोशिशें शिद्दत से सार्थकता के साथ जुड़ीं रहे तो जिंदगी सफल हो जाती है। वह कैलेण्डर की किसी तारीख में यों टंक जाती है कि तारीखें याद रह जाती हैं। आने वाली पीढ़ी को चेताती हैं, सिखाती हैं, राह दिखाती हैं।

जिंदगी की सार्थकता भी तो यही है कि घर का कोई सदस्य कील पर टंगे कैलेंडर को जब भी पलटे आपके द्वारा जीयी गयी जिंदगी की महक उसे गर्व से भर दे और वह आने वाली तारीखों में अपनी जिंदगी का हिसाब ठीक-ठीक बिठा सके।

18

मामूली गलतियों का हासिल

विवाह के बाद पहले दिन वधु ने वर को दूध से भरा गिलास दिया। वर ने ज्यों ही दूध हलक में डाला उसकी साँसें अवरुद्ध होने लगीं।

वधु घबरा गई। घर के सदस्य वर को आनन्-फ़ानन अस्पताल ले गए, लेकिन उसे बचाया नहीं जा सका। जांच से पता चला कि उसके गले में छिपकली फंस गई थी, जिसका ज़हर शरीर में फ़ैल गया था।

गाँव के लोग वधु को कोस रहे थे। उसे 'अशुभ' ठहराया जा रहा था। जबकि वधु निर्दोष थी। गलती दूध का गिलास कमरे में रखने वाले की थी। दूध के गिलास को ढंककर नहीं रखा था, जिसकी वजह से गरम दूध में छिपकली गिर गई थी। एक साधारण सी चूक जानलेवा साबित हुई। इस घटना का उल्लेख एक किताब में दर्ज था। दरअसल, मेरे पिता को अच्छी और शिक्षाप्रद किताबें पढ़ने का शौक था। वे अकसर शाम को इन किताबों से शिक्षाप्रद बातें पढ़कर सुनाते थे। एक दिन उन्होंने इस किताब से 'ढक्कन की महत्ता' समझाते इस ब्योरे को पढ़कर सुनाया था।

'सावधानी हटी, दुर्घटना घटी' के सूचना पटल अक्सर सड़क के किनारे पढ़ने को मिल जाते हैं। तो क्या केवल सड़क पर चलते समय ही सावधानी को ध्यान में रखना चाहिए ? जीवन के हर क्षेत्र में सावधानी आवश्यक है। घर के छोटे-छोटे काम करते हुए भी सावधानी की महती

आवश्यक्ता होती है।

पिछले दिनों मित्र के परिवार में बहुत ही अजीब सी दुर्घटना हो गई।

उसके भाई ने दाढ़ी बनाने के बाद ब्लेड को बाथरूम में यों ही छोड़ दिया था। स्नान से निवृत होने के बाद नहाने की साबुन भूलवश उसी ब्लेड पर रखकर छोड़ दी। कुछ समय बाद घर का एक अन्य सदस्य स्नान के लिए गया। उसने ज्यों ही साबुन को शरीर पर रगड़ा, उसका पूरा शरीर लहुलुहान हो गया। एक पल को तो वह समझ ही नहीं पाया कि पानी इतना रक्ताभ क्यों हो रहा है ! जब उसे पीड़ा का अहसास हुआ तो हाथ में लिए साबुन को देखकर होश फ़ाख्ता हो गए ! साबुन के नीचे नंगी ब्लेड चिपकी हुई थी। उसकी हालत इतनी बिगड़ गई कि गहन चिकित्सा की आवश्यकता पड़ी। शरीर में कई जगह टाँके भी लगाने पड़े।

घरों में होने वाली छोटी-छोटी चूक कई बार गंभीर और जानलेवा साबित होती देखी गई है।

व्यक्ति रोजमर्रा के नियमित और स्थापित काम करने का आदी-सा हो जाता है। वह इन कामों को यंत्रवत करने लगता है। रोजमर्रा के कामों को निपटाने में विशेष ध्यान देने की आवश्यकता नहीं पड़ती। कई बार वह कोई काम कर चुका होता है, लेकिन कुछ देर बाद याद पड़ता है कि अमुक काम अभी बाकी है। जब वह उस काम के लिए दोबारा जाता है तो अचंभित हो जाता है ! वह घर के दूसरे सदस्यों से पूछता है कि आखिर यह काम किया किसने ?

अनेक बार इसके उलट भी होता है। वांछित कार्य किया भी न हो, लेकिन ऐसा लगता है कि काम को अंजाम दे दिया गया है। चिकित्सीय भाषा में इस प्रकार की मनः स्थिति को 'चिंतन की ओवरलेपिंग' कहा गया है। काम का आधिक्य और शीघ्रता से काम निपटाने की कोशिश में एक कार्य में संन्लग्न व्यक्ति अगले काम को करने के बारे में सोच रहा होता है। उसका ध्यान चल रहे कार्य में नहीं होता, इसलिए चूक रह जाती है, जो गम्भीर दुर्घटना का सबब बन जाती है।

वर्तमान समय बड़ा विकट है। सभी जल्दबाजी में हैं। कई बार सड़क पर चलते समय महज सेकंड भर की चूक अपनी और दूसरों की जान पर ख़तरा पैदा कर देती है। सड़क हादसों पर जितनी दुर्घटनाएं होतीं हैं, वे

सब इसी पल भर की लापरवाही या ध्यान भटकने की वजह से होतीं हैं। लोग संकट की घड़ी में भी अनदेखी करते हैं। आखिर अपने ही जीवन को दांव पर लगाने की मामूली-सी चूक क्यों कर दी जाती है।

एक दिन मैं आफिस में था तभी घर से फोन आया कि बिस्तर पर रखीं रजाईयों से धुंआ उठ रहा है।

कुछ देर बाद उसमें आग भड़क उठी। मुझे अपनी गलती का एहसास हुआ। दफ्तर निकलने की जल्दी थी, इसलिए बिस्तर के पास लगे प्लग में इलेक्ट्रिक प्रेस लगाकर कपड़े इस्तरी किए और बटन बंद किए बिना प्रेस को बिस्तर पर यों ही छोड़कर निकल आया था। हालांकि, सजगता एवं सतर्कता से एक बड़ा हादसा टल गया।

हम कितनी मर्तबा बिजली का बटन बंद किए बिना ही पानी से इमर्शन रॉड निकालने लगते हैं, बिजली के प्लग लगाने और निकालने लगते हैं ! आपाधापी के वर्तमान परिवेश में ऐसी गलतियां आम हो गईं हैं। मन लगाकर काम करने की आदत में भारी कमी आई है। जबकि 'मन लगाकर काम करने' का सूत्र वाक्य पुरातन और हमारी संस्कृति का हिस्सा रही है।

जानते हुए बार बार चूक करने को 'अध्यात्मिक प्रज्ञा अपराध' कहा गया है और ऐसी चूक का खामियाजा तो भुगतना पड़ता है। इसलिए सतर्क रहें और सावधान भी।

19

अपने अपने विधान

यूं तो हमारा पूरा जीवन ही विधि के विधान के अनुसार चलता है।

सच यह भी है कि इस धरा पर मौजूद प्रत्येक व्यक्ति अपने द्वारा रचे गए विधान के अनुसार आचरण करता है।

एक बार मैं गणतंत्र दिवस पर बीमार हो गया और बिस्तर पर था। श्रीमती जी काम वाली बाई से उसके देर से आने का कारण पूँछ रहीं थीं। वह बोली, "क्या करें दीदी, गणतंत्र दिवस की छुट्टी में लोग देश-प्रेम की चिंता घरों में दुबके हुए मोबाइल पर करते हैं। राजनीतिक लोग अपने भाषणों में उपलब्धियों के मनके पिरोकर देशभक्ति का पाठ पढ़ाते हैं। बच्चे और गरीब, मिठाइयों के बहाने देश-प्रेम के नारे लगाते आ रहे हैं और हमारा मरद ? आज घर में बैठा है। कल देश प्रेम का प्रसाद बटा होगा, आज मुँआँ दारू गटक रहा है। उसी को सम्हालने में देर हो गयी।"

उसकी बातें सुनकर हम दोनों चौंके। श्रीमती जी ने पूछा, "अरे तू तो बड़ी पढ़ी-लिखी मालूम पड़ती है !"

वह जोर से हंसी और बर्तनो पर हाथ चलाते हुए बोली, "दीदी आपको इसका मतलब निकालने की पूरी आज़ादी है। आज़ाद मुल्क की पैदाइश हैं न इसलिए आज़ादी, आपका जन्मसिद्ध अधिकार है। अधिकार यूँ ही नहीं मिल जाते, छीनने पड़ते हैं। आज़ादी छीनो और मस्त रहो। हमारे मरद ने अपनी आज़ादी के लिए मेरी आज़ादी छीन ली है।"

मैं बाई की बातों में छुपे तंज को सुनकर औंचक रज़ाई फेंककर बाहर निकल आया और कहा, "कमला, आज स्वतंत्रता दिवस नहीं है। संविधान को याद करने का दिन है।"

मंजे हुए बर्तनों को पानी में डुबाते हुए वह बोलती गई, "लेकिन लोग भूल गए हैं। देश में ओहदेदारों ने सुभीतानुसार अपने-अपने संविधान गढ़ लिए हैं - हमारा, हमारे लिए और हमारे द्वारा। वे इन्हीं गढ़े हुए संविधान के तहत आचरण करते हैं। कोरोना का संक्रमण सिर पर है और उसके टीके को लेकर भी सियासत गरमा जाती है ! अपनी तो पूरी ज़िंदगी ही गरीबी से संक्रमित हुई पड़ी है, पता नहीं इसका टीका आएगा भी या नहीं ? अब अपनी कौन सुनाए ? जाने दो।"

काम समाप्त करके उसने साड़ी के छोर से हाथ पोछते हुए श्रीमती जी से बीते कल का अखबार माँगा। वह रोज पिछले दिन का अखबार मांगकर ले जाती और दूसरे दिन लौटा देती थी। तभी दरवाजे पर शोर सुनाई दिया। उसका पति नशे में धुत कोहराम मचा रहा था, "तू घर चल। अभी खबर लेता हूं। मुझे खाना, क्या तेरा बाप लाकर देगा। बड़ी पढ़ी-लिखी बनी फिरती है.. तेरे बाप ने तुझे पढ़ा के क्या उखाड़ लिया बोल।"

उसके पति ने उस पर मुट्ठी तान दी। वह घबराकर बाहर निकलते हुए वह बड़बड़ा रही थी, "दीदी गणतंत्र दिवस पर संविधान की संविधान जाने, अपना विधान तो विधि के विधान से चलता है। सब भगवान् भरोसे है।" पल्लू से चेहरा पोंछते हुए यह पता लगाना मुश्किल था कि बाई के गीले पल्लू में आंसू थे या पानी ?

बहरहाल, यह तो एक जीवंत उदाहरण है। जहाँ तथाकथित आज़ादी निरीह गणतंत्र पर हावी होती दिखाई देती है।

आज हमारे चारों ओर ऐसे कितने ही उदाहरण बिखरे पड़े हैं। जहां अपने लिए गढ़ा हुआ विधान ही उनके जीने का तरीका निर्धारित करता है।

हमारे संस्कार, विधान के जनक होते हैं।

विधान कैसा होगा इसका निर्धारण बचपन में डाले गए संस्कार के अनुसार होता है। संस्कार की नींव पर नीतिगत शिक्षा और पठन-पाठन से सुदृढ़ व्यक्तित्व के गठन का मार्ग प्रशस्त होता है। तदनुसार स्वयं के

जीवन के विधान का निर्धारण किया जाता है। देश की आज़ादी में ऐसे कितने व्यक्तिव है जिन्होंने बचपन से लेकर जीवन के अंतिम पलों तक आजादी के लिए संघर्ष किया। उनके आचरण को कोई डिगा नहीं सका।

मेरे एक मित्र हैं। पिछले दिनों बहुत परेशान रहे। उनके घर में, गृह-संपत्ति को लेकर पारिवारिक खींच-तान चल रही थी। मामला कोर्ट-कचहरी तक पहुँच गया था। पेशी के दौरान मित्र के वकील ने सलाह दी कि यदि उनके पिताजी कोर्ट के सामने थोड़ा सा झूठ बोल दें तो केस का निर्णय उनके पक्ष में हो सकता है।

मित्र के पिताजी की उम्र पचासी वर्ष है। वे स्वतंत्रता संग्राम सेनानी नहीं थे किन्तु उन्होंने आज़ादी की लड़ाई में योगदान किया था। मित्र ने पिताजी से चर्चा की लेकिन, वे इस झूठ के लिए तैयार नहीं हुए। उनका कहना था कि वे झूठ नहीं बोल सकते। तब वकील ने बीच का रास्ता निकाला। यदि वे बीमारी का बहाना बनाकर मौन साध लें तब भी बात बन सकती है। उनके पिताजी के संस्कारों की नींव इतनी मजबूत थी कि वे इस बात के लिए भी तैयार नहीं हुए। झूठ का मौन समर्थन उन्हें गंवारा नहीं था और मित्र केस हार गए।

उनके पिता अब नहीं है किन्तु उनके द्वारा छोड़ी गई सच्चाई की पूँजी पर उन्हें आज भी गर्व है।

आज हममें से प्रत्येक को अपने जीवन को ऐसा गढ़ना चाहिए कि देश के संविधान का सम्मान कर सकें। हमारे आने वाली पीढ़ी नाज़ कर सके। अपने देश पर गर्व कर सकें।

20

नएपन का आकर्षण

नववर्ष के आगमन के लिए पूरी दुनिया पर दीवानगी दिखती है। नएपन का नशा होता भी बड़ा अजीब है।

वर्ष के अंत में मेरे मित्र ने नई मोटरसाइकिल खरीदी थी। उसका भाई उसे लेकर नववर्ष मनाने निकला, लेकिन दूसरे दिन सुबह तक नहीं लौटा। भाई के साथी ने खबर दी कि पिछली रात उन्होंने नववर्ष के आगमन की ख़ुशी में शराब का नशा किया था और फिर नए साल की सुबह तेज़ रफ़्तार मोटरसाइकिल से घर की ओर लौटते समय, घर से थोड़ी दूरी पर ही पेड़ से टकरा गए। वे बहुत देर तक घायल अवस्था में पड़े रहे, फिर किसी ने उन दोनों को अस्पताल तक पहुंचाया। तब तक काफी देर हो चुकी थी। अधिक खून बह जाने के कारण मित्र के भाई को बचाया नहीं जा सका। इस घटना का सबसे दुखद पक्ष यह था कि अपने घर के सामने, अपनों के इतने करीब होते हुए भी मदद नहीं मिल सकी। उसका परिवार अनहोनी से अनजान उसके लौटने की प्रतीक्षा करता रहा गया !

एक दिन शहर में दो सांड़ों ने झगड़ते हुए मेरी कार को क्षतिग्रस्त कर दिया।

कार में सुधार कार्य के लिए मुझे कार के ग़ैराज जाना पड़ा। वहां का पूरा परिसर क्षतिग्रस्त कारों से भरा पड़ा था। यह जानकर हैरानी हुई कि उनमें से लगभग पचानवे से अठानवे प्रतिशत कारें एकदम नई थीं। ऐसा लगता था, मानो कार शोरूम से निकली और दुर्घटनाग्रस्त हो गईं।

कर्मचारियों से जो जानकारी मिली, वह और भी हैरान करने वाली थी। अधिकतर क्षतिग्रस्त कारें किसी नौसिखिया चालकों द्वारा नहीं, बल्कि नियमित चालकों द्वारा चलाई जा रहीं थीं। नौसिखिया चालक तो फिर भी बहुत सावधानी से चलाते हैं, लेकिन खिलंदड़ चालक नएपन की होड़ में वाहनों को बेतहाशा दौड़ाते हैं और दुर्घटना का शिकार हो जाते हैं।

किसी भी वाहन के परिचालन में उसकी गति पर नियंत्रण रखना सर्वाधिक महत्वपूर्ण होता है।

इसके उलट नए वाहन के चालक नएपन के नशे में उसकी गति से खिलवाड़ करते हैं। नए वाहन के परिचालन में चैतन्यता जरूरी है। उसकी नियंत्रण प्रणाली को जानना और समझना आवश्यक होता है। यह बात धीरे-धीरे समझ में आती है। वाहन के नियमित प्रचालन से 'हाथ रम' जाते हैं। वाहन की नियंत्रण प्रणाली की आदत हो जाती है। विज्ञान की भाषा में इसे, 'रिफ्लेक्स एक्शन' में वाहन पर नियंत्रण हो जाना कहा जाता है। अचानक आई कठिन परिस्थितियों में ऐसा चालक सहज ही वाहन पर नियंत्रण रख पाता है और दुर्घटना की संभावनाएं बहुत कम हो जाती हैं।

बहरहाल, नएपन की होड़ आज पूरी दुनिया पर दिखाई देती है। फिर चाहे नववर्ष का आगमन हो, नव गृहप्रवेश हो, नया वाहन या घर की कोई वस्तु खरीदी हो, घर में नए सदस्य का आगमन हुआ हो या फिर शादी के साथ नवजीवन की शुरुआत हुई हो; सभी स्थितियों में अजब सा जोश और सरगर्मी महसूस की जाती है। नववर्ष आ रहा है... नया साल आ गया, नव वर्ष की बधाई, हैप्पी न्यू ईयर जैसी बधाइयां बांटते लोग उतावले हुए जाते हैं। इकतीस दिसंबर की रात्रि घड़ी के कांटे ज्यों ही बारह से आगे सरकते हैं, लोग नएपन के नशे में झूम उठते हैं।

चिंतक मानते हैं कि समय कभी नया या पुराना नहीं होता।

ये मनुष्य ही है, जिसने समय को काल खण्डों में बांट रखा है। एक काल खंड से नए में प्रवेश कोई नई बात नहीं है। यह तो हर पल हो रहा है। जब हम अपने देश में नव वर्ष की तैयारी कर रहे होते हैं, ठीक उसी समय पृथ्वी के किसी और कोने में लोग नव वर्ष में प्रवेश कर चुके होते हैं। कुछ हमारे बाद भी नववर्ष के आगमन की प्रतीक्षा में होते हैं।

कुलमिलाकर समय तो सतत है, स्थिर है। इसी मूल बिंदु के आसपास, समय-विज्ञान पर आधारित एक फ़िल्म जेएल 50 बड़ी ही रोचक है। विज्ञान भी यही मानता है कि समय स्थिर है और एक काल-खंड से दूसरे में जाना संभव है। आज का व्यक्ति, पिछली सदी में बिताए समय में घूमकर आ सकता है !

बावजूद इसके लोग अपने उतावलेपन को छोड़ने को राजी नहीं हैं।

कोरोना काल की पूर्णबंदी के दौर में एक नव युगल परिणय सूत्र में बंधा और उपहार में मिली नई कार से ही हनीमून पर निकल गया और दुर्घटना का शिकार हो गया। वह तेज रफ़्तार कार चलाते हुए निर्माणाधीन पुलिया के किनारे बने वैकल्पिक मार्ग से चूक गए और उनकी कार अनियंत्रित होकर निर्माणाधीन पुलिया में जा गिरी। नव युगल बुरी तरह घायल तो हुए ही, लड़के को अपने दोनों पैर से हाथ धोना पड़ा !

ऐसा नहीं है कि नया सर्वथा दुखदाई ही होता है।

नया अमूमन खुशियों और जोश से भरा होता है। नई फ़िल्म के लिए दर्शक पहले दिन, पहले शो के लिए क्या क्या जुगत नहीं भिड़ाते। दर्शक टिकिट खिड़कियों पर जोश में अपना होश खो बैठते हैं और बात आपसी झगड़े तक पहुँच जाती है। ऐसे बेमतलबी जोश में होश खोना ठीक नहीं है। इससे न केवल दूसरों को नुकसान होता है, बल्कि खुद की जान भी खतरे में पड़ जाती है। क्या हमें नववर्ष में भी पूरे होशोहवाश के साथ प्रवेश नहीं करना चाहिए ?

21

जरा देख के चलो

मेरे मित्र की मां एक दुर्घटना की शिकार हो गईं।

गैस सिलिंडर में रेगुलेटर ठीक से नहीं लगाया गया था। गैस चूल्हा जलाते ही रेगुलेटर के पास से आग भड़क गई। पैरों के पास साड़ी ने आग पकड़ ली और दोनों पैर झुलस गए। अमूमन गैस के उपयोग के सिलसिले में चेतावनी एवं सावधानियों का उल्लेख न केवल सिलिंडर पर होता है बल्कि समय-समय पर टीवी व अखबारों के माध्यम से प्रचार-प्रसार किया जाता है, लेकिन बहुत सारे लोग इसकी अनदेखी कर देते हैं। मित्र के घर गैस सिलिंडर में आग लगने के वक्त पारिवारिक सदस्यों की चैतन्यता से दुर्घटना टल गयी, मगर उनकी माताजी घायल हो गईं। उन्हें भर्ती करना पड़ा और लंबी गहन चिकित्सा के बाद स्वस्थ हो सकीं।

उस दौरान मेरा भी चिकित्सालय जाना हुआ।

जलने के कारण दुर्घटना के शिकार हुए अनेक मरीजों को देख कर जी हिल गया। जिस दिन मैं पहुंचा था, लगभग अस्सी प्रतिशत मरीज ऐसे थे जो दिवाली के अवसर पर आग से दुर्घटनाओं के शिकार हुए थे। कई मरीज़ जलन के कष्ट को सह नहीं सके और असमय मौत का शिकार हो गए। चिकित्सकों का मानना है कि लगभग अठानवे प्रतिशत मामलों के मूल में व्यक्ति की लापरवाही ही एकमात्र कारण होती है। दीवाली के बाद हाथ झुलस जाने के प्रकरण अधिक आते हैं। लोग पटाखों को जलाने में अनदेखी करते हुए झुलस जाते हैं !

आज बेतहाशा भागती दुनिया में दुर्घटनाएं आम हो गईं हैं।

आज के समाचार पत्र 'लापरवाही से वाहन चलाने से हुई दुर्घटना', 'नशे में धुत ड्राइवर ने राहगीर को कुचला', 'तेज रफ़्तार कार पेड़ से भिड़ी', 'रॉंग-साइड से दौड़ती कार झोपड़ पर चढ़ी' और 'रेस लगाते मोटर साइकिल सवार आपस में भिड़े' जैसे शीर्षकों से भरे होते हैं। कितने ही लोग इन दुर्घटनाओं में काल कलवित हो जाते हैं। लोग इन समाचारों को देखते हैं और पन्ने पलट देते हैं। अगले दिन फिर उन्हीं स्थापित शीर्षकों के नीचे बदलते स्थानों और नामों के साथ समाचार छपते हैं और पाठक अनदेखा करता हुआ आगे बढ़ जाता है। इन ख़बरों को देखते हुए भी, नहीं देखने का भाव पनप रहा होता है। यानी वे ऐसी घटनाओं के आदी और अभ्यस्त हो चुके हैं।

घटनाओं को जानने के दो तरीके हैं।

उन्हें देखना और उन पर दृष्टि डालना। देखना दरअसल दृष्टि डालना नहीं है या दृष्टि का संबंध केवल देखने से नहीं है। लोग नित्य नयीं घटनाओं पर नज़र रखते हैं। वे राजनीतिक उथल-पुथल की खबरों को विस्तार से पढ़ते हैं, ताकि चार लोगों के बीच विमर्श में शामिल होना पड़े तो उसमें वे पिछड़ न जाएं। इससे ज्ञान भी परिमार्जित होता है। लेकिन हादसों की ख़बरों की परतों पर दृष्टि डालने और उससे सबक लेकर सावधानी को आदत में शुमार करने की कोशिश नहीं होती। अंतर्राष्ट्रीय पटल की घटनाओं-दुर्घटनाओं को सहेजा जाता है, मगर रोजमर्रा की दुर्घटनाओं को दरकिनार कर दिया जाता है। लोगों में दृष्टि का अभाव होने से वे चेतना शून्य ही बने रहते हैं।

विज्ञान के अनुसार, चालक की दृष्टि वाहन की गति की व्युत्क्रमानुपती होती है।

जिस अनुपात में वाहन की गति बढ़ती है उसी अनुपात में चालक की दृष्टि संकीर्ण होती जाती है। चालाक के आसपास का वातावरण तिरोहित होने लगता है। वातावरण के प्रति सजगता घटने लगती है। लगभग पूरी तंद्रा गति पर आकर ठहर जाती है। वाहन की द्रुतगति से चालक की चपलता सामंजस्य नहीं बिठा पाती। अचानक आए अवरोध से बचाव के लिए समय कम पड़ जाता है, चपलता जवाब दे जाती है, निर्णय ग़लत

हो जाता है और गंभीर से लेकर वीभत्स दुर्घटनाएं हो जातीं हैं।

न जाने कितने ही द्रुतगति से भागते वाहन सामने मंथर गति से चलने वाले वाहन या रूके हुए वाहनों के पीछे से टकरा कर दुर्घटनाग्रस्त हो जाते हैं। जाड़े के दिनों में कोहरे या धुंध को दुर्घटना का कारण ठहरा कर संतोष कर लिया जाता है, लेकिन ऐसे हादसे साफ़ दिनों में भी होते रहते हैं, जब चालाक आसपास के वातावरण से बेखबर तेज रफ्तार की वजह से किसी वाहन से टकरा जाता है। ऐसे चालकों को दूसरे की जान की तो परवाह नहीं होती है और अपनी जान भी वे जोखिम में डाल कर चलते हैं।

इसके अलावा, हेलमेट की उपयोगिता एवं अनिवार्यता कौन नहीं जानता !

फिर भी इसके प्रयोग के प्रति अनदेखी से जान गंवानी पड़ती है। आमने सामने से दो मोटरसाइकिल सवार भिड़ने के समाचार आम है। क्या बूढ़े और क्या जवान, क्या युवक और क्या युवतियां सभी दुर्घटनाओं के समाचारों को देखते और पढ़ते हैं; लेकिन उनकी दृष्टि विकसित नहीं होती। दुर्घटनाओं से सबक नहीं लेते। बार-बार वही गलतियाँ दोहराते हैं और दुर्घटनाओं का शिकार होते रहते हैं।

लोगों में चेतना शून्यता बढ़ती ही जा रही है।

लोकप्रिय अभिनेता राज कपूर की कालजयी फिल्म का एक गाना बड़ा मुफीद लगता है – **'ए भाई, ज़रा देख के चलो। आगे ही नहीं, पीछे भी। दायें ही नहीं, बायें भी। ऊपर ही नहीं, नीचे भी। ए भाई...।'**

यह गाना, कहीं ना कहीं इस ओर इशारा करता है कि व्यक्ति को दृष्टि विकसित करना चाहिए। चैतन्य रहना चाहिए। दुर्घटनाओं से सबक लेना चाहिए। जीवन में सावधानी की महती आवश्यक है। वरना दुर्घटनाओं के शिकार हो जाने की संभावनाएं बढ़ जाती हैं।

22

स्वतंत्रता ही समानता

देश आज़ाद हुआ और आज़ादी को प्रतीक मानते हुए देश में स्वतंत्रता दिवस की नींव पड़ी।

तब से हर साल यह उत्सव धूमधाम से मनाया जाता है। इतिहास गवाह है कि जब हमें आज़ादी मिली, तब लोगों ने आज़ादी का मतलब अपने-अपने तरीके से निकाला था। लोगों को लगा कि अब हम कुछ भी कर सकने के लिए स्वतंत्र हैं। कोई रोक-टोक नहीं है। इस क्रम में कई नकारात्मक चलन भी देखने में आए, जब बाहुबलियों ने निर्बलों पर ज़ुल्म ढाने शुरू कर दिए। धनाढ्यों ने निर्धनों को कर्जदार बनाकर अपना गुलाम बनाना शुरू कर दिया। देश में विकट स्थितियां निर्मित हो गई थी। आज़ादी को समझने-समझाने में काफी समय लगा, बल्कि आज भी ऐसे उदाहरण देखे सुने जाते है। असल में स्वतंत्रता के मायने स्वच्छंदता नहीं है।

दरअसल, स्वतंत्रता और स्वच्छंदता के बीच एक महीन रेखा होती है।

आजादी के इतने साल बाद भी लोग स्वतंत्रता और स्वच्छंदता के अंतर को समझ नहीं पाए हैं। स्वतंत्र मानसिकता के लोग कई बार नियम-क़ानून को ताक़ पर रख देते हैं। वे इसकी आड़ में अमानवीय हो उठते हैं। न केवल जानवरों पर, बल्कि मनुष्यों के खिलाफ़ भी बर्बरता की हद तक चले जाते हैं। आए दिन कमज़ोर तबकों के खिलाफ दबंग

तबकों का अत्याचार और अपराध की घटनाएं यह बताने के लिए काफी हैं कि हमारे देश में ऐसे तमाम लोग हैं, जिनके लिए स्वतंत्रता महसूस कर पाना अभी बाकी है। सिर्फ इसलिए कि किन्हीं वजहों से वे आर्थिक रूप से कमज़ोर हैं और उन्हें सामाजिक रूप से कई मानकों पर पीछे रह जाना पड़ा। जबकि उनका हक़ बराबर था। कौन ले गया उनका हक़ ?

एक दिन सुबह अखबार लेकर बैठा तो मन अवसाद और खिन्नता से भर गया।

नज़रें एक समाचार पर जाकर टिक गयीं। भरी बरसात में एक व्यक्ति का मोबाइल कीचड़ से बजबजाते गहरे नाले में गिर गया। उसने पास में खड़े भिखारी को पैसे का लालच देकर मोबाइल ढूंढने को कहा। बेचारा गरीब मोबाइल की तलाश करने लगा और वह व्यक्ति छाता लगाए किनारे खड़ा-खड़ा उसे निर्देश देते हुए इनाम के पैसे बढ़ाता रहा। जब करीब पैंतालीस मिनिट के अथक प्रयास के बावजूद मोबाइल नहीं खोजा जा सका तो वह व्यक्ति अपशब्द कहते हुए वहां से निकल गया और बेचारे गरीब को एक फूटी कौड़ी भी नहीं दी !

अकसर हमारे आसपास ऐसी घटनाएं देखने-सुनने में आतीं हैं जहां लगता है मानो मानव देह से मानवता पलायन कर गई है। अनियमित जीवन शैली के कारण मानवता का बुरी तरह क्षरण हुआ है।

एक समय केरल में हुई अमानवीय घटना को कौन भूल सकता है, जहां किसी व्यक्ति ने एक गर्भवती हथिनी को अनन्नास में बारूद रखकर खिला दिया था ! अनन्नास को चबाते ही बारूद हथनी के मुख में फट गया। मुख और जीभ बुरी तरह झुलसने से उसकी मौत हो गई।

एक दिन दूध डेयरी के बारे में एक समाचार पढ़ने में आया। वहां एक मृत बछड़े को गाय के पास लिटाकर दूध निकाला जा रहा था ! वह एक नर बछड़ा था। खबर के मुताबिक़ दूध डेयरियों में गाय और भैंस के नर बच्चों को दूध से वंचित रखा जाता है, जिसके कारण वे मर जाते हैं। इससे उनके लालन-पालन पर होने वाला खर्च भी बचता है। जानवरों को बहलाने के लिए मृत नर बच्चों की खाल में भूसा भरकर पुतला तैयार कर लिया जाता है और जानवरों को इंजेक्शन देकर दूध दुहा जाता है !

आज निर्दयता का वातावरण इतना सघन हो गया है कि वीभत्स अमानवीय व्यवहार करते हुए भी व्यक्ति की रूह नहीं कांपती।

जहां मानवता पलायन होती दीखती है, वहीं कई बार जानवर की समझदारीपूर्ण व्यवहार अचंभित कर जाता है।

मैं हर रोज सुबह पांच बजे भ्रमण के लिए निकलता हूं। करीब चार किलोमीटर दूर हनुमान मंदिर तक जाकर लौटता हूं।

एक दिन लौटते हुए देखा कि एक व्यक्ति एक कुत्ते को लाठी से पीट रहा था। मैंने इसका विरोध किया और कुत्ते को जाने दिया। जब आगे बढ़ा तो देखा वह कुत्ता मेरे पीछे-पीछे आ रहा है ! मैं रुका तो वह भी रुक गया और मेरी आंखों की ओर देखने लगा। फिर थोड़ा इधर-उधर घूमने लगा। मुझे लगा कि वह चला जाएगा। जब लौटकर अपने घर के दरवाजे पर पहुंचा तो देखा वह दौड़ते हुए मेरे पीछे आ खड़ा हुआ और फिर दरवाजा खोलते ही मेरे पैरों के बीच से होता हुआ मेरे घर के भीतर अतिथि कक्ष के कोने में जा बैठा।

मैं भयमिश्रित आश्चर्य से उस कुत्ते को देखने लगा ! वह पूंछ हिलाते हुए मेरी ओर देख रहा था मानो मेरी आत्मीय मानवता और सहानुभूति का धन्यवाद अदा कर रहा हो। हालांकि बाद में वह चला गया और यह सिखा गया कि हम भले ही मानवता भूल गए हो, लेकिन जानवर हमसे श्रेष्ठ हैं।

मानवता सर्वश्रेष्ठ है। यह हमारा आधारभूत गुण है। आज़ादी के पावन पर्व पर क्या हमें यह शपथ नहीं लेना चाहिए कि हम मानवता को अंगीकार करते हुए यह मानें – मानवमात्र एक सामान, नर और नारी एक समान, जाति-धर्म सब एक सामान।

23

मुसीबत की थैलियां

एक साहित्यिक विमर्श के दौरान इस बात पर चर्चा हुई कि सड़क के किनारे पन्नी खाती गाय को देखकर ख्यात व्यंग्यकार हरिशंकर परसाई जी ने उसे अपने व्यंग्य में उकेरा है।

वही स्थिति आज भी उतनी ही गंभीर बनी हुई है। पन्नियां घटी नहीं, बल्कि बढ़ती ही गई और आए दिन शहरों में न जाने कितनी गायें इन पन्नियों को खाकर बीमार होतीं हैं या फिर मर जाती हैं। आज इसके खिलाफ की जाने वाली तमाम बातों के बावजूद हालात में कितना बदलाव आया है?

मेरे दिवंगत पिता पशु चिकित्सक थे। मुझे याद है कि उन्होंने कितनी ही गायों का ऑपरेशन करके पेट से पन्नियों के ढेर निकाले जाने की चर्चा की थी। आश्चर्य है कि गाय को लेकर आम लोग कई बार हमलावर होने की हद तक संवेदनशील होते हैं, लेकिन पन्नी खाकर उनके मरने को लेकर उन्हें कोई फ़िक्र नहीं होती! अधिकतर लोग बाजार से खरीदारी करने के बाद सामान के लिए पन्नियों का ही उपयोग करते हैं। हर रोज शाम को हाथ हिलाते हुए बिचरने जाते हैं और लौटते वक्त दोनों हाथों की पांचों अंगुलियों में सब्जियों से भरी पन्नियों की थैलियां घर लाते हैं।

हमारी परंपरा में चीजों के बारंबार उपयोग में विश्वास है।

अक्सर ‘यूज़ एंड थ्रो’ यानी ‘इस्तेमाल करो और फेंक दो’ वाली चीजों को भी हम बार-बार उपयोग करने से नहीं चूकते हैं। प्लास्टिक की थैलियां, बोतलें और डिब्बे अधिकतर घरों में बार-बार धोकर उपयोग में लाए जाते है !

देश में पॉलिथीन की थैलियों का प्रयोग बढ़ता ही जा रहा है। थोड़ी-सी सुविधा के चलते लोग कपड़े से बने थैलों की अपेक्षा पॉलिथीन की थैलियों को ज्यादा उपयोगी समझ रहे हैं और धड़ल्ले से स्तेमाल कर रहे हैं। पूरे विश्व में प्रति मिनट, कितना प्लास्टिक कचरा इकट्ठा होता है, इसकी कल्पना भी नहीं की जा सकती। यह तकनीकी जानकारी भी देना उचित नहीं लगता कि कितने माइक्रोन की पॉलिथीन का उपयोग करना चाहिए।

दरअसल, उपयोगकर्ता चाहे वह कितना ही पढ़ा-लिखा क्यों ना हो, इतनी निपुणता नहीं रखता कि वह नियत माइक्रोन की पॉलिथीन की बनी थैलियों का चुनाव कर सके। इसलिए प्लास्टिक को पूरी तरह ‘न’ कहा जाए, इस बात पर जोर दिया जाना ज्यादा जरूरी है। अब इसके व्यापक नुकसानों और पर्यावरण घटक के असर को देखते हुए राजनीतिकों की ओर से भी इस पर पाबंदी की बातें की जाने लगीं हैं, सच यह है कि पर्यावरणविद लम्बे समय से इस बारे में देश और समाज को चेतावनी देते रहे हैं। अगर वक्त रहते देश के राजनीतिक वर्ग और समाज ने इसके प्रति कोई ठोस संकल्प नहीं लिया तो आने वाले वक्त में इसका भयावह खामियाजा भुगतना पड़ सकता है।

कुछ समय पहले एक खबर आई थी कि कचरे के ढेर से अपनी भूख मिटाती कुछ गायें अचानक बीमार पड़ गई। खाना पीना बंद कर दिया। उनके पेट बुरी तरह फूल गए थे और फिर कई गायों की तड़प-तड़प कर मौत हो गई। जब गायों का पोस्टमार्टम किया गया तो पता चला कि उनकी आहार नलिका पॉलिथीन की थैलियों से बुरी तरह अवरुद्ध हो गई थी। ऑपरेशन से जो थैलियों का कचरा आंत से निकाला गया, उनमें से अधिकतर थैलियों में घरों से फेंका गया अतिरिक्त खाना अब भी सुरक्षित था। ऐसा केवल इसलिए हुआ कि लोग घर लाई गई पॉलीथीन की थैलियों को फेंकने के पहले उनमें घर की अतिरिक्त खाद्य सामग्री,

फलों या सब्जियों के छिलके आदि को भरकर रख देते हैं। फिर इसको पोटली नुमा बना कर फेंक देते हैं। कचरे के ढेर से अपनी भूख मिटाते जानवर इन पोटलियों को साबुत निगल जाते हैं।

भारत तीज-त्यौहार और उत्सवों का देश है।

जगह-जगह मंदिर निर्मित किए गए हैं। इनमें पूजन प्रसाद का वितरण प्लास्टिक की थैलियों, कटोरिया और गिलासों में किया जाता है। भक्त और दर्शनार्थी इस प्रसाद को श्रद्धापूर्वक ले तो लेते हैं, लेकिन प्रसाद को खाने के बाद लापरवाही पूर्वक सड़क पर फेंक देते हैं। इनमें बचा हुआ प्रसाद जानवरों को आकर्षित करता है और वे उसे निगल लेते हैं। कामोवेश सभी पर्यटन स्थलों की स्थिति भी ठीक नहीं है।

मैं डेढ़ दशक पूर्व मुंबई में पदस्थ था। एक सपना लेकर गया था कि गेटवे ऑफ इंडिया से खूबसूरत नीले समुद्र को निहारूंगा, लेकिन वहां की हालत देखकर सारे सपने टूट गए थे। मुंबई के अधिकतर समुद्र तट पानी की खाली प्लास्टिक की बोतलों से अटे पड़े हैं। ज्यादातर पर्यटक लापरवाही से खाली बोतलें समुद्र में उछाल देते हैं।

मुझे किसी फिल्म का एक वीभत्स दृश्य याद आता है, जिसमें एक व्यक्ति दूसरे व्यक्ति के सिर पर पॉलिथीन की थैली इस तरह पहना देता है कि उसकी सांस अवरुद्ध हो जाती है। उखड़ती सांसों के साथ फूलती-पिचकती पॉलिथीन देखकर जी दहल जाता है। तो क्या हम मनुष्यों का जीवन भी इसी तरह प्लास्टिक की पन्नियों के अंधाधुंध प्रयोग से अवरुद्ध हो जाएगा ? क्या अब चेतने का समय नहीं आ गया है ?

24

प्रकृति को छू लेने का सुख

यों तो प्रकृति की खोज बेमानी प्रतीत होती है।

हमारे चारों ओर जो है, वह प्रकृति है। प्रकृति हमारे आस-पास अनेक रंगों में उपस्थित है। उसका हर रंग अनोखा है। चाहे हम प्रकृति को महसूस कर पाएं या न कर पाएं, लेकिन वह है। वह सदा रहेगी। कल थी, आज है, कल भी रहेगी। आसपास ही क्यों, हम स्वयं प्रकृति का एक रंग हैं। यदि हम अपने अंदर झांक सकें तो प्रकृति के अनोखे रंगों को ही पाएंगे। मानव इस विराट प्रकृति का हिस्सा है। बावजूद इसके, आंखों से प्रकृति के रंग और उसके सौंदर्य को अंदर उतार लेने का सुख अनोखा होता है। प्रकृति को अपने हाथों से छूकर महसूस करने का आनंद अप्रतिम है।

अमेरिका जैसे विकसित देश के शहरी इलाकों से प्रकृति लगभग पलायन कर चुकी है।

बनावटी प्रकृति ने डेरा जमा लिया है। आधुनिकता, विज्ञान और विकास के भय से वह शहरों से दूर जा ठहरी है। अमेरिका का एरिज़ोना स्टेट रेगिस्तानी क्षेत्र है। फीनिक्स रेगिस्तान पर बसाया गया खूबसूरत शहर है। उन दिनों हम फ़ीनिक्स शहर में ही थे। यहां दिसंबर के आसपास, साल के पांच महीने ही तापमान सामान्य या सामान्य से कम

रहता है। शेष समय भारी गर्मी, लू-लपट और रेतीली आंधियां चलती हैं। तब भी यह शहर साफ सुथरा रहता है। शहर की खाली भूमि को पत्थर की छोटी-छोटी गिट्टी से पाट दिया गया है। मकानों के चारों तरफ पत्थर की गिट्टी बिछाई जाती है। आवासीय क्षेत्रों के आसपास हरी-भरी घास के पार्क आवश्यक रूप से बनाए गए हैं। शहर में जगह-जगह खाली भूमि पर घास के खूबसूरत मैदान हैं। इनमें सुबह-शाम स्वचालित फुहारों से पानी की सिंचाई की जाती है। इसलिए रेत की आंधियों का असर कम रहता है। लू-लपट से राहत रहती है। सामान्यतः यहां के लोग तपन के कारण पैदल, दो पहिया वाहन और बिना ऐसी के चार पहिया वाहन से नहीं चलते। यहां के प्रत्येक व्यक्ति या उसके परिवार में कम से कम एक वातानुकूलित कार है। यहां तक कि मजदूर भी बिना कार के नहीं चलता।

रेगिस्तानी क्षेत्र होने के कारण फ़ीनिक्स में हरियाली कम ठहरती है। पहाड़ों पर बड़े-बड़े कैक्टस के जंगल हैं। घरों में भी विभिन्न प्रकार के कैक्टस या उसी प्रजाति के फूल पौधे उगाए जाते हैं। इसलिए यहां के लोग समय मिलते ही सुदूर प्रकृति की वादियों में निकल जाते हैं।

ग्रीर, फ़ीनिक्स शहर से लगभग 350 किलोमीटर दूर है।

यहां आबादी नहीं है। पूरा क्षेत्र प्राकृतिक संपदा से भरपूर है। खूबसूरत पहाड़ियां, झीलें और घने जंगल हैं। दिसंबर में फ़ीनिक्स का मौसम खुशगवार हो जाता है। अतः हम चार परिवारों ने कुछ दिन ग्रीर के जंगलों में व्यतीत करने का निर्णय लिया। ग्रीर के जंगल में रहने के लिए केबिन किराए पर मिलते हैं। इनमें रहने की पूरी व्यवस्था होती है। खाना पकाने के लिए किचन होते हैं। केवल खाना बनाने की सामग्री, दूध और सब्जियां साथ लेकर जाना पड़ता है। भारतीय खान-पान के लिए यह आवश्यक है।

हमने चार बेडरूम का एक केबिन बुक कर लिया।

निर्णय के अनुसार सुबह जल्दी निकलना था। अचानक एक सदस्य की तबीयत गड़बड़ा गई। घर से निकलते-निकलते दोपहर का एक बज गया। हम चार परिवार दो कारों से निकले। अमेरिकी सड़कों की उच्च गुणवत्ता को देखते हुए 350 किलोमीटर की दूरी करीब साढ़े चार घंटे में पूरी होनी थी। साढ़े छः बजे के आसपास हम ग्रीर पहुंच जाते। यह स्थान

ऊंची पहाड़ियों के बीच स्थित है। लगभग 32 किलोमीटर का रास्ता कठिन है।

यह टेढ़ी-मेढ़ी घाटियों से गुजरता है। चालक को बेहद सतर्क होकर ड्राइविंग करना होती है।

जब हम घाटियों पर पहुंचे, तब तक अंधेरा उतर आया था। ठंड भी काफी बढ़ गई।

अभी घाटी में आठ-दस किलोमीटर ही चले थे कि हल्की बारिश के साथ बर्फ गिरने लगी। बर्फ के गिरने से कार के वाईपर्स को अधिक मेहनत करना पड़ रही थी। सामने सड़क देखने में दिक्कत हो रही थी। ट्रेफिक धीमा हो गया था। मार्ग के एक ओर अंधेरे साए में डरावने पहाड़ और दूसरी ओर गहरी खाई भयानक रोमांच पैदा कर रहे थे। इस खाई में सॉल्ट रिव्हर बहती है। हमारा रोमांच और डरावना हो गया जब सड़कों पर बर्फ की चादर बिछना शुरू हो गई।

दो में से एक कार सड़क पर फिसलन की वजह से बहकने लगी।

दरअसल, यह 'टू व्हील ड्राइव' कार थी। सामान्यतः इसी तकनीक की कारों की संख्या अधिक होती हैं। भारत में भी ऐसी कारें बहुतायत में हैं। इन कारों में सामने के पहिए वाहन को खींचते हैं जबकि पीछे के पहिए केवल लुढ़कते हैं। जब हम कार की गति बढ़ाते तो उसके आगे के पहिए अपनी जगह पर केवल गति करते। पहियों के घूमने से जैसे ही बर्फ हटती, कार सड़क को पकड़कर झटके से आगे बढ़ जाती। फिर ब्रेक लगाने के बावजूद कार बर्फ पर फिसलती चली जाती। ऐसी स्थिति में कार कभी भी सामने से आते वाहन से टकरा जाती या फिर खाई की ओर उतर जाती।

पीछे चलने वाली हमारी दूसरी कार फोर व्हील ड्राइव तकनीक से युक्त थी। उसे बर्फ बिछी सड़क पर चलाना उतना कठिन नहीं था। हम लोगों ने निर्णय लिया कि फोर व्हील ड्राइव कार को आगे-आगे चलाएंगे। कार के चलने से सड़क पर बिछी बर्फ में पहियों के जो निशान बनेंगे उस पर दूसरी कार चलाएंगे। हमारी युक्ति काम कर गई। लेकिन शीघ्र ही यह युक्ति भी काम न आई। बर्फ का गिरना तेज हो गया। सामने चलने वाली कार के पहियों के निशान शीघ्र ही बर्फ से ढक जाते!

मंथर गति से चलती हमारी कारों के पीछे आने वाली कारों का तांता लग रहा था। वे सभी कारें बिना धैर्य खोए चल रही थीं। किसी कार चालक ने एक बार भी उतावला होकर हॉर्न नहीं बजाया। वे चाहते तो यातायात के नियमों की अनदेखी कर आगे निकल सकते थे, क्योंकि सामने से आने वाले वाहनों का दबाव कम था। आने वाले वाहन पहाड़ी की ओर से चल रहे थे। हम सड़क पर खाई की तरफ चल रहे थे। कार चलाना कठिन और आगे बढ़ना दूभर होता जा रहा था। तभी सामने की ओर से सड़क से बर्फ हटाने वाला ट्रक आता दिखाई दिया। ट्रक ने आते हुए सड़क से बर्फ हटा दी थी। हमारी कारें फ़ौरन तेजी से आगे बढ़ चलीं।

तेजी से बर्फ गिरने के कारण हम फिर उसी संकट में घिर गए। पूरा ट्रैफिक हमारे कारण फिर मंथर हो गया। बर्फ साफ करने वाला ट्रक संकटमोचक बनकर लौटा और ठीक हमारे आगे-आगे चलने लगा। हमारी टू व्हील ड्राइव कार ठीक उसके पीछे हो ली। उसके पीछे बाकी कारों का काफिला चल पड़ा। ट्रक ने हमें वहां तक पहुंचाया जहां बर्फ का गिरना कम हो गया था। ट्रक ड्राईवर ने हमें अंगूठा दिखाते हुए शुभकामनाएं दीं और एक किनारे हट गया। हम खुशी से भरे गंतव्य की ओर फर्राटे भर रहे थे।

कुछ देर चलने के बाद हम अपने केबिन के सामने थे। रात्रि का नौ बज गया था।

केबिन अंधेरे साए में डूबा था। परिसर मोटी बर्फ से ढक चुका था। मुख्य प्रवेश द्वार करीब आठ इंच मोटी बर्फ में घंसा था। दो लोगों ने कार से उतरकर बर्फ को हटाते हुए उसे खोला। बर्फ ताजा थी। रुई के फाहे सी सिमट गई। कार को परिसर के अंदर लिया।

केबिन के बरामदे में भारतीय भूतिया फिल्मों की तरह लालटेन टिमटिमा रही थी।

हमने बरामदे की सीढ़ियों पर पैरों को पटककर बर्फ झड़ाई और प्रवेश द्वार के सामने पहुंचे। लालटेन बिजली के तार से जल रही थी। दरवाजे पर डिजिटल लॉक लगा था, लेकिन उसे खोलने का कोड दूसरी कार में एक साथी के पास था। वह अभी पहुंची नहीं थी। हम इंतजार करने लगे। तापमान गिरकर माइनस आठ डिग्री हो गया था। हम बरामदे में खड़े ठंड

से कांप रहे थे। तभी मेरे मोबाइल पर दूसरी कार से लॉक खोलने के कोड का मैसेज आया। उन्हें हमारे पहुंचने का मैसेज मिल गया था।

कोड के डालते ही लॉक खुल गया और केबिन की खिडकियों से रौशनी बाहर झांकने लगी।

हमने दरवाजा खोला और केबिन के अन्दर से आते गरम हवा के झोके से राहत मिली। दरवाजे के ठीक सामने लिखित सूचना थी। उसमें भालू का चित्र बना था- कृपया रात में दरवाजे या खिडकियां बंद करना न भूलें। जंगली जानवरों का ख़तरा है। यहां भालू बहुतायत में हैं। वे सूने घरों को शरण-स्थली बना लेते हैं।

दूसरी कार भी पहुंच गई थी। सभी फ़टाफ़ट केबिन के अंदर हो लिए। दो सदस्यों ने कारों से सामान उतारकर यथा स्थान जमा दिया। केबिन में चार शयन कक्ष थे। दो ऊपर और दो नीचे। एक-एक बाथरूम ऊपर नीचे। किचिन में सारी आधुनिक व्यवस्थाएं थी। एक आदम कद बड़ा फ्रिज, पांच बर्नर वाला गैस चूल्हा, कॉफ़ी मेकर, मिक्सर ग्राइंडर, ओवन, माइक्रोवेव ओवन, डिश वाशर, ठंडे और गरम पानी की आपूर्ति वाले नल, ओरो पीने का पानी, सभी कुछ। बाथरूम में एक-एक दर्जन टॉवल, नेपकिन, शेम्पू, साबुन कंडीशनर आदि। वाशिंग एरिया में बड़ी वाशिंग मशीन और ड्रायर। बेडरूम में कंबल, चादर, रजाइयां और ढेर सारे तकिये। केबिन के फर्श पर कपड़े की मेट बिछी थी। अतः पैरों में ठंड नहीं लगती थी।

केबिन की व्यवस्थाओं से हम खुश थे। सुविधाओं ने रास्तो की थकान को आधा कर दिया। फ़ौरन कुछ सदस्य खाना बनाने में जुट गए। डायनिंग टेबल पर सभी ने एक साथ खाना खाया और अपने-अपने शयन कक्ष में चले गए। बाहर बर्फ़बारी तेज हो चली थी। तापमान गिरकर मायनस तेरह हो गया था। केबिन के अंदर का तापमान हमने बढ़ा रखा था इसलिए राहत थी। बाहर से आते प्रकृति के संगीत में मीठी लोरी का प्रभाव था। इसलिए जल्द नींद में चले गए।

सुबह सात बजे के आसपास नींद खुली। बर्फ़बारी थम गई थी। बाहर का तापमान मायनस सत्रह पहुंच गया था।

आदम कद खिडकियों के शीशे से दूर तक बिछी बर्फ की चादर मन मोह रही थी। ऊंचे दरख्त बर्फ़ से लद गए थे। बर्फ की सफेदी से अधपुते पहाड़, ध्यानस्थ ऋषि से लग रहे थे। हम चार साथी फ़टाफ़ट तैयार हुए। मसालेदार चाय के साथ ब्रेड-बटर का नाश्ता किया। कैमरा, ड्रोन और एक-एक बोतल में गरम पानी को जेकिट के अंदर रखकर बाहर निकल गए।

परिसर की एक-एक फुट मोटी बर्फ में 'खप-खप' करते सड़क पर आ गए। लगभग आधा किलोमीटर की दूरी पर एक झील थी। हम पैदल उस दिशा में चल दिए। रास्ते के दोनों ओर उंचे-उंचे पेड़ों का झुंड, शाखों पर बर्फ लिए हमारे स्वागत में खड़े थे। उनकी चोटियों पर धूप के मुकुट सजे थे। कभी अचानक शाखों से बर्फ फिसलकर हमारे ऊपर आ गिरती। तब ऐसा लगता मानो हमारे स्वागत में पेड़ पुष्प वर्षा कर रहे हैं। रास्ता झील तक जाता था, लेकिन झील के किनारे पहुंचने में सावधानी से चलना पड़ा। बर्फ मोटी थी। उसके नीचे क्या है समझना कठिन था।

झील का पानी नीला और एकदम साफ़ था। उसकी तली में पड़े पत्थर साफ़-साफ़ देखे जा सकते थे। मैंने एक पत्थर उठाया और झील की ओर फेंका। पत्थर डूबने की बजाए सतह पर दूर तक फिसलता चला गया। झील का पानी जम गया था।

कुछ देर बर्फ में खेलते रहे। फिर केबिन में वापस लौट आए। दोपहर का खाना खाने के बाद दूसरी दिशा में चल दिए। ग्रीर में चार दिन चुटकियों में गुजर गए।

हम खुशियों से भरे प्रकृति के साथ थे। प्रकृति ने हमें आत्मसात कर लिया था। प्रकृति की खोज में हम स्वयं तिरोहित हो गए थे। पूरे साक्षी भाव के साथ ध्यानस्थ ऊर्जा से भर गए थे। लेकिन ग्रीर से घरों को लौटते हुए हमें फिर चिंताओं ने घेर लिया।

भले ही विकसित देश संपन्न हों, लेकिन हमारा देश संस्कार संपन्न है। अकूत प्राकृतिक संपदा है। हरियाली से लदे पहाड़ और कल-कल बहती नदियां हैं। बस हमें जागने की जरूरत है। यदि हम ऐसा कर पाए तो हमसे धनी दुनिया में कौन होगा भला! बताइए?

25

स्मृतिलोप का प्रकोप

जीवन में स्मृतियों का बड़ा महत्त्व है |

मेरे मित्र नाक, कान और गला विशेषज्ञ हैं। कुछ वर्ष पूर्व एक दुर्घटना में 'अफेशिया' का शिकार हो गए थे। चिकित्सा विज्ञान के अनुसार, मस्तिष्क में यदि तीन मिनट से अधिक खून का संचार अवरुद्ध हो जाए तो मानव मस्तिष्क आंशिक या पूर्ण रूप से निष्क्रिय हो सकता है।

इस घटना में उनके साथ ऐसा ही कुछ हुआ और उनका आधा मस्तिष्क निष्क्रिय हो गया। स्मरण शक्ति पर बहुत बुरा असर हुआ। आश्चर्यजनक रूप से उनकी 'वर्ड-मेमोरी-वेनिश' हो गई, अर्थात दिमाग से शब्द-स्मृति पूरी तरह समाप्त हो गई। स्कूली शिक्षा से लेकर चिकित्सीय पेशे की सारी पढ़ाई-लिखाई विस्मृत हो गई !

वह बोलने में पूरी तरह सक्षम है किंतु, शब्दों के अभाव में बोल नहीं पाते। आज भी वे, किसी भी भाषा में किए गए प्रश्न का उत्तर नहीं दे सकते क्योंकि उनके पास जवाब देने के लिए शब्द-भण्डार नहीं होता। वर्तमान में हिंदी और अंग्रेजी वर्णमाला सीखने के लिए ट्युटर रखा हुआ है। सच्चाई यह है कि फिर उसी स्तर का ज्ञान और शिक्षा प्राप्त करने के लिए शायद एक जीवन फिर से जीना होगा। स्मृति के अभाव में मित्र का चिकित्सीय पेशा समाप्त हो गया है।

खैर, मेरे मित्र का स्मृति-लोप दुर्घटना के कारण हुआ था, किन्तु आज, बिना किसी दुर्घटना के, केवल गलत जीवन शैली से स्मृति-लोप

की बीमारी आम होती जा रही है।

अधुनातन मोबाइल-युग में मानव-स्मृति की उपयोगिता बुरी तरह प्रभावित हुई है।

लंबा समय हुआ, जब कैलकुलेटर अस्तित्व में आया और छोटे-मोटे हिसाब-किताब के लिए मानव-मस्तिष्क का स्तेमाल घट गया था। अब तो कैलकुलेटर की सुविधा मोबाइल में भी है। बल्कि किसी व्यक्ति का नाम, पता, ईमेल आई डी या कांटेक्ट नंबर को याद रखने की आवश्यकता नहीं रही। ये सब जानकारी मोबाइल पर एक क्लिक में उपलब्ध हो जातीं हैं। ढेर सारी जानकारियां अब मस्तिष्क-स्मृति में संचित करने की आवश्यकता नहीं है। मानव-मस्तिष्क के घटते उपयोग और प्रयोग से स्मृति-लोप की समस्या दिनोंदिन बढ़ती जा रही है।

सच तो यह है कि स्मृति और वास्तविकता में जमीन आसमान का फर्क होता है। स्मृति में बसे चित्र और अवसर सुनहरे पल बनकर सुकून देते हैं। स्मृति में बसीं बचपन की यादें, मकान, रास्ते, आयोजन और अवसर मन को प्रसन्नता से भर देते हैं।

निश्चित ही कैमरायुक्त मोबाइल से ग़ज़ब की क्रान्ति आयी है।

जीवन के प्रत्येक अवसर को कैमरे की स्मृति में संजो लिया जाता है। लेकिन ऐसे कितने लोग हैं, जो इन संजोए हुए छाया चित्रों को दोबारा या बार-बार देखते होंगे। मानव स्मृति के साथ सबसे बड़ा घाटा यह हुआ कि मोबाइल में कैद करने के चक्कर में हम सामने घटने वाली घटनाओं, प्रकृति, परिस्थिति या मानवीय संवेदनाओं के साथ पूरी तरह से जुड़ नहीं पाते। लोग इतने निर्दयी होते देखे जाते हैं कि घातक दुर्घटनाओं में भी, दुर्घटनाग्रस्त व्यक्ति की मदद करने की अपेक्षा मोबाइल से फोटोग्राफी करते रहते हैं।

प्रतिदिन प्रातः भ्रमण प्रकृति से जुड़ने का श्रेष्ठ उपाय है क्योंकि प्रकृति हमें ऊर्जा देती है।

अनेक लोग प्रातः भ्रमण के लिए जाते भी हैं। किंतु, अधिकतर युवा प्रातः भ्रमण के दौरान कानों में इयर फोन लगाकर गाने सुनते रहते हैं। ऐसे में प्रकृति से पूरी तरह जुड़ने के अभाव में, मिलने वाली ऊर्जा से वंचित रह जाते हैं। वे खूबसूरत लम्हों को आत्मसात नहीं कर पाते।

नदिया, जलप्रपात, पहाड़ी की ऊंची चोटिया और जंगल को सेल्फी में कैद करने के चक्कर में कई बार अप्रिय घटनाओं के शिकार हो जाते हैं। कई बार दुर्घटनाओं के मूल में यही एक कारण छुपा होता है। जुड़ाव के अभाव में स्मृतियां सूनी रह जातीं हैं। ऐसा व्यक्ति एकांत में शून्यता महसूस करता है और खिन्नता से मन उब जाता है।

कुछ दिनों से सपरिवार बाहर कहीं घूमने जाने की इच्छा हो रही थी। कोई ऐसी जगह जहां कुदरत का भरपूर नज़ारा हो।

लेकिन हर बार यह विचार मज़बूत नहीं हो पाता था। प्रकृति से रूबरू हो पाने की योजना असफल हो जाती थी ! बच्चों और श्रीमती जी का कहना था कि ऐसी जगह घूमने के लिए जाने का क्या औचित्य है ? किसी महानगर घूमने जाना चाहिए। प्रकृति, हरियाली, पंछी और जानवर आदि तो मोबाइल, टी.वी० और इंटरनेट पर ही देख लेते हैं। आज इस तरह की सोच ना केवल मेरे जैसे अनेक परिवारों की है बल्कि, लगभग हर युवा में पनप चुकी है !

आज के युवा आभासी कुदरत को ही असली कुदरत मान रहे हैं। दिन प्रतिदिन असली प्रकृति का महत्व घटता नज़र आ रहा है ! आम तौर पर शहरी माहौल में रहने वाले बच्चे प्रकृति से कटते जा रहे हैं। वे ना पंछियों का कलरव सुन पाते हैं, ना ही कुत्ते बिल्ली के अलावा कोई और पशु या जानवर को देख पाते हैं।

एक वैज्ञानिक शोध बताता है कि प्रकृति से दूरी की वजह से शहरों में तनाव बढ़ रहा है। जो सुकून वास्तविक प्रकृति से मिलता है वह आभासी प्रकृति से नहीं मिलता। फिर चाहे वह प्रकृति हम प्लाज्मा टी.वी में ही क्यों ना देखें।

आज का कड़वा सच यह है कि वास्तविक कुदरत का अहसास समाप्त हो रहा है। इसे वैज्ञानिक भाषा में 'एनवायरनमेंटल जनरेशन अमनेसिया' यानी 'प्रकृति के प्रति पीढ़ीगत स्मृति लोप' कहा जाता है। कहीं हम आप भी तो इसके शिकार नहीं हो रहे हैं ?

26

माय नेम इज़ कान

मैं पत्नी को लेकर स्कूटर से बाजार जा रहा था।

भीड़ भरी सड़क पर पीछे से आने वाला मोटरसाइकिल सवार लगातार हॉर्न दे रहा था। मुद्दा यह नहीं है कि वह हॉर्न क्यों दे रहा था ? सवाल यह है कि राह पर वाहन चलाते हुए हमने कितनी बार अनावश्यक हॉर्न बजाया ? क्या हम केवल शौक के लिए हॉर्न बजाते हैं?

आज शहरों में लाखों की संख्या में वाहन है।

वाहनों की संख्या दिन ब दिन बढ़ती जा रही है। शहरी विकास की गति मंथर है। सड़कें यथावत् संकरी की संकरी है। दूसरी ओर बैंकों के द्वारा ऋण मुहैया कराने वाले संस्थानों ने हर तबके के लोगों को वाहन थमा दिया है। सड़कों पर वाहनों का दबाव लगातार बढ़ रहा है। असामाजिक तत्व और आज के युवा खाली सड़क पर लगातार हॉर्न के बटन पर अंगूठा रखे फर्राटा मारते रहते हैं ! उन्होंने दोपहिया वाहनों में तरह-तरह के हॉर्न लगा रखे हैं। ये बटन दबाने पर तो बजते ही है, ब्रेक पर पैर रखने से भी विचित्र ध्वनि के साथ बज उठते हैं।

चौपहिया वाहनों का भी यही हाल देखने-सुनने में आता है। चौपाहिया वाहनों को रिव्हर्स करते वक्त अनेक प्रकार की तीव्र ध्वनियाँ उत्पन्न होतीं हैं। छोटी-छोटी तंग कॉलोनियों में चौपहिया वाहनों को रिव्हर्स करने में समय लगता है। कई बार तो देर रात या अलसुबह रहवासियों की नींद में इन ध्वनियों से खलल उत्पन्न हो जाता है।

ऐसे कान-फोड़ू शोर से पत्नी के सिर में दर्द होने लगता है।

उन्होंने अपने कान को हथेली से ढँक लिया और मेरे कान के पास आकर कहा, "स्कूटर रोककर पीछे वाले वाहन चालक को रास्ता दे दो। वह बेकार ही शोरगुल कर रहा है।"

कमोबेश हर सभ्य नागरिक की यही स्थिति है। वह हमारे चारों ओर फैले शोर को रास्ता दे रहा है। शादी-विवाह, तीज-उत्सव, पूजा-अर्चन या फिर चुनावी रैली जैसे कई और आयोजन। इन सबके नाम पर ध्वनि विस्तारक यंत्र, प्रदूषण फैलाते रहते हैं। हम अपनी सभ्यता की आड़ में दरवाजा बंद कर लेते हैं।

मैं यहां वह आंकड़े नहीं दूंगा कि कितने डेसीबल की ध्वनि कानों के लिए घातक है या कितनी कम ध्वनि केवल कुत्ते ही सुन सकने की क्षमता रखते हैं। या ये कि रिमझिम बारिश की ध्वनि क्यों कर्णप्रिय होती है। मैं यहां आज की आधुनिक सभ्यता और नौजवानों से प्रश्न करना चाहता हूं। क्या हम सुधरेंगे ? क्या प्रशासन कोई ऐसा ठोस कानून लाएगा जिससे ध्वनि प्रदूषण पर अंकुश लग सके। आम सभ्य जन और प्रशासन कब तक बधिरों की तरह निष्क्रिय बने रहेंगे ?

हमें स्वयं अनावश्यक ध्वनि विस्तारक यंत्रों के प्रयोग कम करने होंगे। हम सुधरेंगे तो ही युग सुधरेगा।

हम देर रात कॉलोनी लौटे। घर के सामने स्कूटर बंद करने के पहले आदतन स्कूटर का हॉर्न बजाने जा रहा था ताकि घर के अंदर बच्चे जाग जाएं। लेकिन पत्नी ने मना कर दिया और घर की इलेक्ट्रॉनिक डोर बेल का बटन दबा दिया ..... ओम शांतिः शांतिः शांतिः का कर्ण प्रिय स्वर घर के अंदर से तैरता हुआ मेरे कानों तक जा पहुंचा और कानों ने हौले से कहा शsss... माय नेम इज कान...।

27

प्रकृति के साथ निर्भय जीवन

मेरा बचपन गाँव में बीता।

उन दिनों गाँव सचमुच गाँव की तरह हुआ करते थे। उनमें शहरों की कोई झलक नहीं थी। हवाओं में महुए की महक, अमराइयों की मादकता। बारिश की पहली फुहार के साथ खेतों से उठती सौंधी खुशबू। चारों ओर दूर दूर तक हरियाली का डेरा। शीत ऋतु की भोर में ताज़े पत्तों पर लरजते ओस के मोती। शीतल कोमल घास से पटे मैदान। गर्मियों की रात में खुला नीला आकाश और अँधेरे में चम-चम करते जुगनू। पंछियों से चहकती सुबहें और गौधूली में ढलती खुशनुमा शाम।

गाँव में उन दिनों व्यक्तिगत परिवहन साइकिल से होता था। सामूहिक आवागमन बैलगाड़ियों से किया जाता था।

ट्रेक्टर और मोटरसाइकिलें बहुत बाद में आए। बैलगाड़ियां जिस राह चलतीं, वहां उसके पहियों के समानांतर निशान पड़ जाते थे। यही दो समानांतर निशान, गाँव का पहुँच मार्ग मान लिया जाता था। सामान्य तौर पर लोग इन्हीं रास्तों से आते-जाते। बैलगाड़ियां बार-बार इन्हीं रास्तों से गुजरतीं और पहियों के निशान गहरे होते जाते। बैलों के खुर इन्हें चौड़ा कर देते। वहां धीरे-धीरे सामान्तर नालियां सी बन जातीं थीं। गाड़ियों में जुते बैल बिना इशारे उन्हीं नालियों का अनुशरण करते हुए

गंतव्य तक पहुंचा देते। उन्हें हांकने की आवश्यकता भी नहीं पड़ती थी। कई बार तो गाड़ीवान बेफिक्र अपनी नींद पूरी कर लेता था। ऐसे गाँव आज भी शहरी आपाधापी में मन के अंदरूनी कोने में ज़िंदा हैं, जिसका निर्मल वातावरण, प्रकृति के शुद्ध पर्यावरण से भरपूर था।

बहरहाल, मैंने इन्हीं रास्तों पर साइकिल चालान सीखा था।

उन दिनों बच्चों के लिए छोटी साइकिल अस्तित्व में नहीं आई थी। घर में एक अदद साइकिल का होना गर्व का विषय हुआ करता था। मैंने बड़ी साइकिल से ही सर्वप्रथम 'कैंची' चलाना सीखा था। साइकिल को बिना सीट पर बैठे कैंची चलाने का अनोखा तरीका था। बायाँ हाथ साइकिल के एक हैंडल पर और दाहिना हाथ सीट के ऊपर से होता हुआ बीच वाले डंडे पर। वह भी ऐसे कि सीट का अग्र-भाग कांख के नीचे दबा हो। साइकिल के डंडे को मजबूती से पकड़े रहना ही साइकिल पर बने रहने का उपाय था। कैंची चलाते समय पैर पेडल पर और पूरा शरीर साइकिल के त्रिकोणीय डंडों के बीच झूलता रहता था। बड़ा ही अजीब और रोमांचक था साइकिल को ऐसे चलाना।

एक दिन मैं बहुत तेजी से साइकिल चला रहा था। अचानक सामने से एक मृत्युशैया आते दिखी।

लोग 'रामनाम सत्य है' उच्चारते हुए चले आ रहे थे। मैं नौसिखिया चालक था। साइकिल को रोकने की बहुत कोशिश की, लेकिन ब्रेक नहीं लग पाया। मैं सीधे मृत्युशैया के नीचे जा घुसा। कांधा देने वाले चारों लोग जो रास्ते की समानांतर नालियों में चल रहे थे, घबराकर अपना संतुलन खो बैठे और मृत्युशैया मेरे ऊपर आ गिरी। मुझे घुटनों में सामान्य चोट लगी लेकिन शव को अपने ऊपर गिरता देख भय से बेहोश हो गया था। यह भय मेरे मन में गहरे बैठ गया। कई बरस तक मृत्युशैया को निकलते देखता तो तबियत खराब हो जाती थी। मुझे मृत्यु-भय हो गया था, जो बहुत बाद में प्रकृति से गहरे जुड़ाव के कारण स्वतः ही दूर हो गया।

चिकित्सक मानते हैं कि 'मृत्यु-भय' एक रोग है।

होमियोपैथी में बाकायदा इसका इलाज है। इस रोग से पीड़ित व्यक्ति एकांतवास से डरता है। अँधेरा उसे खाने को दौड़ता है। वाहन

चलाते हुए उसका विश्वास डगमगा जाता है। किसी के साथ वाहन की सवारी उसे असुरक्षित लगती है। उसे आशंका रहती हैं कि चालक कहीं कोई प्राण घातक दुर्घटना न कर बैठे।

एक मेरे मित्र किसी प्रतिष्ठित प्रतिष्ठान में उच्चाधिकारी हैं। उन्हें कार्यालय की आवश्यक बैठकों के लिए अकसर दूसरे शहरों की यात्रा करनी पड़ती है। वह दफ्तर के व्यय पर हवाई-यात्रा की पात्रता रखते हैं, लेकिन वे ट्रेन से यात्रा करते हैं। उन्हें हवाई यात्रा से भय लगता है। वे हवाई-दुर्घटना की आशंका से घिर जाते हैं। ऐसे भय कई बार जीवन पर्यंत बने रहते हैं।

एक और सहकर्मी मित्र मझोले शहर में रहतीं हैं। वह एक दिन ट्राई-साइकिल रिक्शा से बाज़ार जा रहीं थीं। अचानक एक स्कूटर रिक्शे के ठीक बगल से निकला। उसकी किक रिक्शे के एक पहिए के 'स्पोक्स' को तोड़ती हुई निकल गई। स्पोक्स के अभाव में पहिया पिचक गया और रिक्शा झटके से एक ओर झुक गया। मेरी मित्र गिरकर दुर्घटना का शिकार हो गईं। इतनी छोटी सी घटना से उनका मानसिक संतुलन इतना आहत हुआ कि वह आज भी भीड़ में दो पहिया वाहन नहीं चला पातीं। उनके रोजमर्रा के छोटे-छोटे काम, जिन्हें दो पहिया वाहन के द्वारा आसानी से निपटाया जा सकता है, वह बाधित हो जाते हैं।

मृत्यु निश्चित है।

इसी विषय पर हालीवुड की बहुचर्चित फ़िल्म 'फाइनल डेस्टिनेशन' के अनेक भाग आ चुके हैं। इनमें एक सीख भी छिपी है कि भय के साथ जीना कायरता है। विख्यात फ़िल्म शोले के गब्बर का संवाद याद करिए– जो डर गया समझो मर गया। कहते तो यह भी हैं– जब जब जो जो होना है, तब तब वो वो होता है।

इसलिए जीवन में आगे बढ़ना है तो निर्भय रहें, प्रकृति के साथ रहें।

28

मन के उजाले

मैं रेल यात्रा कर रहा था।

सुबह-सुबह एक स्टेशन पर गाड़ी रुकी। यात्री प्लेटफ़ॉर्म पर खाद्य सामग्री लेने उतर गए। मैं भी चाय पीने के लिए नीचे उतरा। चाय पीते हुए एक सहयात्री से बातचीत होने लगी। उन्होंने बताया कि वे पेशे से जज हैं। मेरी चाय समाप्त हो चुकी थी, इसलिए प्लास्टिक का डिस्पोजेबल कप प्लेटफ़ॉर्म पर यूं ही उछाल दिया।

उनकी भी चाय समाप्त हो गई, फिर उन्होंने लपक कर मेरा फेंका हुआ कप उठाया और अपने कप के साथ ही उसे भी कूड़ेदान में डाल दिया। ऐसा करते हुए उनके चेहरे पर कोई झिझक या संकोच नहीं था। वे लौटे और ट्रेन पर चढ़ते हुए फिर मुझसे बात करने लगे। मेरा मन ग्लानि से भर गया। मैंने उनसे क्षमा मांगी। वे विनम्रतापूर्वक मुस्कुराए और बोले, "भाई साहब, भले ही हम लोग उजाले का पर्व मनाने अपने-अपने घर जा रहे हैं, लेकिन हमारे मन का अंधियारा कम नहीं हो रहा ! दीवाली के एक दीये के बराबर रोशनी भी हममें चेतना भर सके तो बात बने।"

दरअसल हम दोनों की पदस्थापना घर से बाहर एक महानगर में थी और दीपावली का त्यौहार मनाने घर लौट रहे थे।

चिंतक मानते हैं कि दुनिया में अधिकतर लोग सोए हुए हैं। जागते हुए सोना हमारी आदत में शुमार हो गया है। असंवेदनशीलता रगों में प्रवाहित होने लगी है। अपने आसपास होने वाली दुर्घटनाओं,

अवहेलनाओं, विद्रूपताओं, विसंगतियों और दुःख-दर्द से बेखबर लोग जागृत होने का अभिनय मात्र कर रहे हैं। कभी सोचें कि कितने अवसरों पर हमने एक जागरूक या सचेत मानव होने जैसा व्यवहार किया है ? बहुत कम लोग ऐसा कर रहे हैं या कर पाते हैं। अच्छा काम करने के पहले अहं, भय और शर्म की बेड़िया हमें जकड़ लेतीं हैं। लोग अपने में सिमटे हुए हैं।

मेरे एक मित्र अपने रिश्तेदार के यहाँ से देर रात लौट रहे थे।

वे दुपहिया वाहन से थे। एक सूने रास्ते पर चलते हुए कोई लड़की दुपहिया वाहन को तेज गति से चलाते हुए उनसे आगे निकल गई। उसके तुरंत बाद दो मोटरसाइकिलें भी फर्राटा भरती हुई आगे निकलीं। दोनों मोटरसाइकिलों पर तीन-तीन लड़के सवार थे। लड़के जिस तरह की शब्दावली का प्रयोग करते हुए लापरवाहीपूर्वक वाहन दौड़ा रहे थे, उससे उन्हें यह समझते देर नहीं लगी कि वे असमाजिक तत्व हैं और लड़की का पीछा कर रहे हैं। रास्ता सीधा और थोड़ा लंबा था, इसलिए मित्र अपने दुपहिया वाहन की हेडलाइट में लड़की के पीछे उन असामाजिक तत्वों को वाहन दौड़ाते देख पा रहे थे। रास्ता आगे से मुड़ता था, इसलिए वे ओझल हो गए।

उन्होंने अपने वाहन की गति बढ़ाई और उस मोड़ पर पहुंचे। उन्होंने देखा की लड़की अपने वाहन पर रास्ते के बीचों बीच रुकी हुई है।

उस लड़की का रास्ता लड़कों की एक मोटरसाइकिल ने रोक रखा था। लड़की के चेहरे पर भय स्पष्ट झलक रहा था। दूसरी मोटरसाइकिल लड़की के वाहन के एक ओर करीब ही खड़ी थी। मेरे मित्र तुरंत माजरा समझ गए। वे एक जागरूक, चैतन्य और दबंग नागरिक का परिचय देते हुए लड़की के वाहन के ठीक बाजू में रुके और बोले, "अरे चिंकी बेटा ! तुम इतनी लेट कैसे हो गईं ? हम लोग तुम्हें लेने निकले थे। चिक्की भैया भी कार से पहुंचता होगा। वह मेरे पीछे ही है।"

मित्र की बात सुन कर दोनों मोटरसाइकिल सवार अपशब्द उच्चारते हुए लौट गए। मेरे मित्र उस लड़की को बिलकुल नहीं जानते थे। बस यों ही उसे अपनी बेटी 'चिंकी' के नाम से संबोधित कर दिया था ! वह कुछ दूर तक लड़की के साथ-साथ चले। अभी वह भय से उबरी नहीं थी

शायद, इसलिए चुप थी। आगे एक कॉलोनी के गेट के अन्दर मुड़ते हुए उसने ऊँची आवाज 'थैंक्स अंकल' कहा। उस रात मेरे मित्र ने एक बेटी का भविष्य उजालों से भर दिया था।

बहरहाल, खुली-आँखें सोयी हुई दुनिया की लापरवाही के परिणाम स्वरुप पैदा हुई स्थिति की एक चौंका देने वाली काल्पनिक तस्वीर हाल ही में क्लाइमेट सेंट्रल नामक संस्था ने जारी की है - बकिंघम पैलेस समुद्री जल में डूब गया है।

इस संस्था के अनुसार न केवल बकिंघम पैलेस, बल्कि दुनिया के अनेक प्रमुख शहर जलमग्न हो जाने की संभावना से इंकार नहीं किया जा सकता ! प्राकृतिक संसाधनों का अधाधुंध दोहन इस धरती पर सोई हुई मानवता का सबसे बड़ा उदाहरण है, जिसकी वजह से ग्लोबल वार्मिंग और अनियमित जलवायु परिवर्तन हो रहा है।

अगर दुनिया अब भी नहीं चेती, तो अगले करीब सौ वर्षों में दुनिया के अनेक शहर समुद्री जल में डूब जाएंगे। सिनेमाई पर्दों के माध्यम से दिलों पर राज करने वाले सितारों की मायानगरी मुंबई भी समुद्री जल में समा जाएगी ! आने वाला समय बड़ा कठिन है। हममें से प्रत्येक को चेतना के उजालों में जीने की आदत डालनी होगी।

हमें जलवायु परिवर्तन के कारकों की उपेक्षा से उपजी भयावहता को महसूस करना होगा।

www.ingramcontent.com/pod-product-compliance
Lightning Source LLC
La Vergne TN
LVHW041128150826
845673LV00007B/2222

* 9 7 9 8 8 9 4 4 6 2 7 6 9 *